七魔劍支配天下
5
宇野朴人
illustration ミユキルリア
Kadokawa Fantastic Novels

「——咦？」
夏儂・舍伍德
Shannon Sherwood
「妳是個溫柔的孩子呢。」
卡蒂・奧托
Katie Aalto

格溫・舍伍德
Gwyn Sherwood
奧利佛・霍恩
Oliver Horn
「──大姊？
大哥也來了……！」

「——奈奈緒，要追嘍！」
「明白！」
奈奈緒・響谷
Nanao Hibiya

恩里科・佛傑里
Enrico Forugyeri
「你們可以一起來，
前提是要跟得上我的腳步
——嘎哈哈哈哈！」
皮特・雷斯頓
Pete Reston

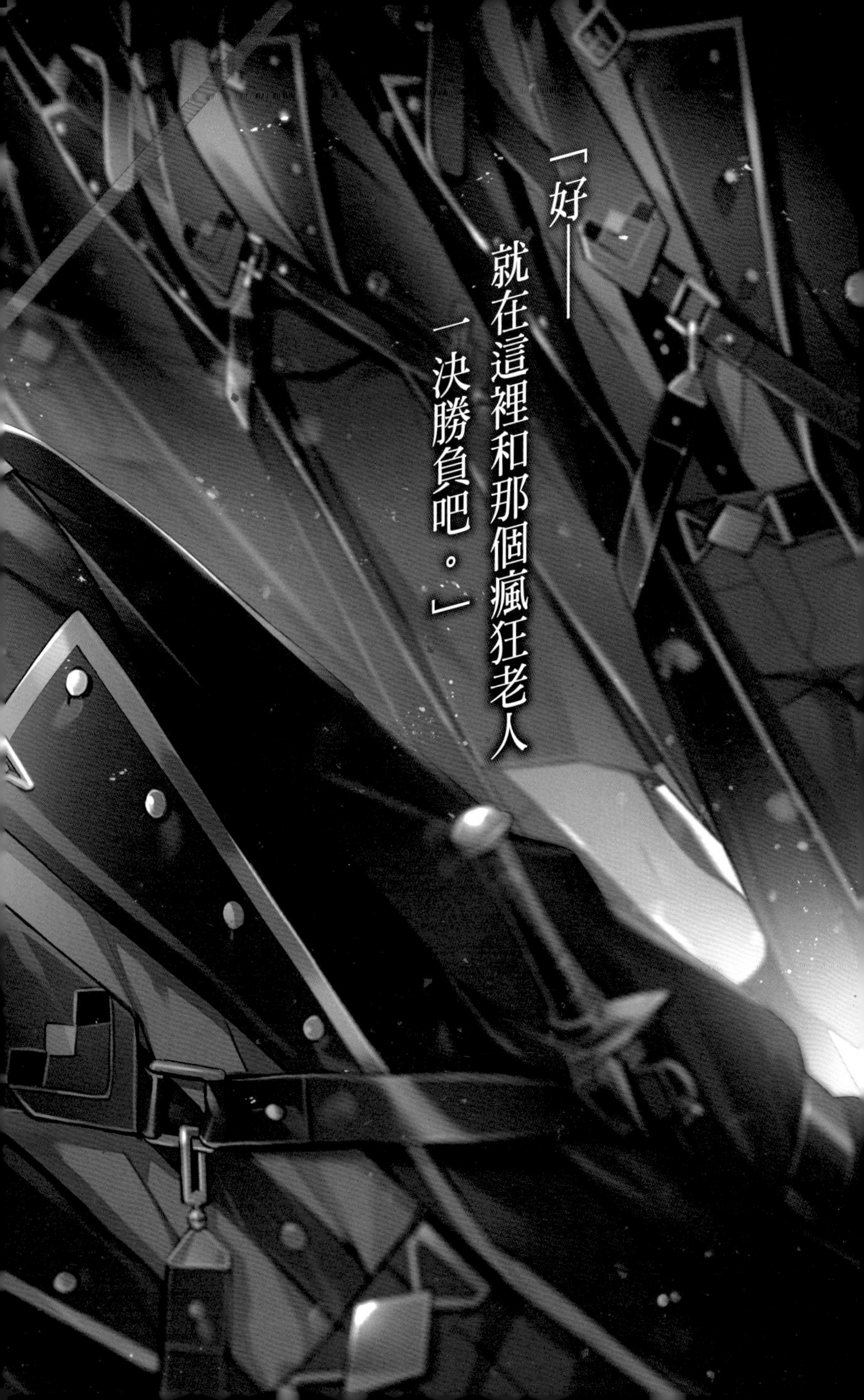
「好——
就在這裡和那個瘋狂老人
一決勝負吧。」

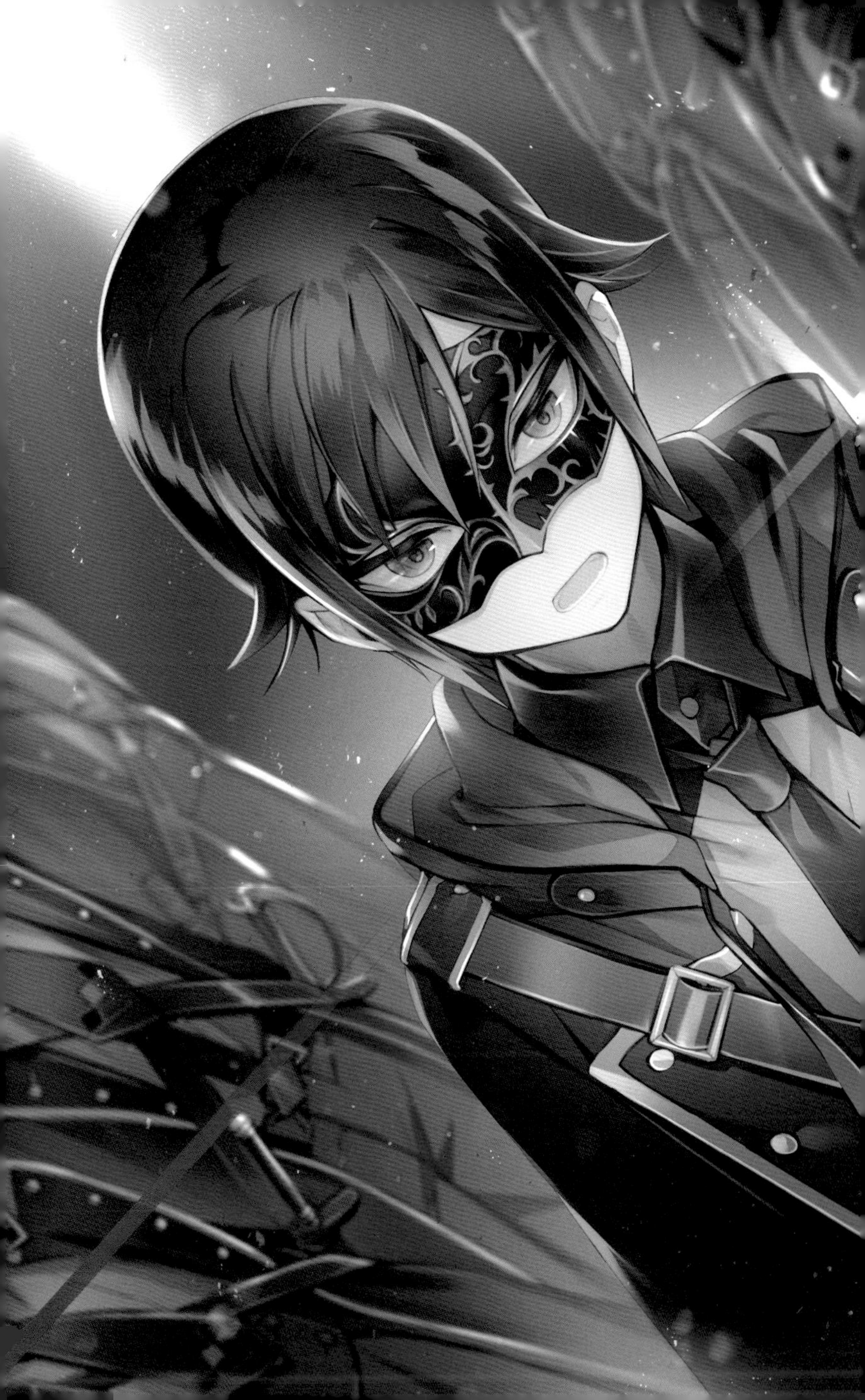

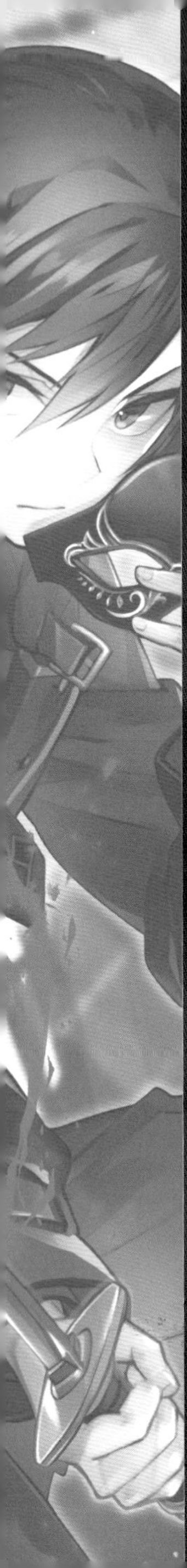

CONTENTS

Seven Swords Dominate

Presented by Bokuto Uno

七魔劍支配天下

5

Seven Swords Dominate

宇野朴人
Bokuto Uno

illustration
ミユキルリア

Kadokawa Fantastic Novels

Character 登場人物

二年級生

奧利佛・霍恩

本作主角。優秀但缺乏突出才能的少年。立誓要向殺害母親的七名教師報仇。

奈奈緒・響谷

來自東方島國的武士少女。認定奧利佛是自己命中注定的劍道對手。

卡蒂・奧托

聯盟的湖水國出身的少女。十分關心亞人種的人權問題。

凱・格林伍德

從魔法農家出身的少年。個性直率又平易近人，擅長種植魔法植物。

皮特・雷斯頓

非魔法家庭出身的勤學少年。擁有性別反轉的特殊體質。

米雪拉・麥法蘭

出身於名門麥法蘭家的長女。文武雙全，很會照顧同伴。

圖利奧・羅西

態度輕浮的少年。使用脫離常理的獨特劍術。決鬥時曾輸給奧利佛。

一年級生

泰蕾莎・卡斯騰

為奧利佛的心腹部下，以密探的身分協助其復仇。個性我行我素，且很少表露感情。

— 理查・安德魯斯

— 史黛西・康沃利斯

— 費伊・威爾諾克

— 約瑟夫・歐布萊特

五年級生

人權派的魔女。曾因為卡蒂的事情與奧利佛等人戰鬥過，之後就開始關注他們。

薇菈・密里根

是掃帚競技的校內頂尖選手之一。盯上了最近在比賽中嶄露頭角的奈奈緒。

黛安娜・艾希伯里

六年級生

學生主席。攻擊威力異常強大的魔法師，被其他學生稱作「煉獄」。

艾爾文・戈弗雷

給人柔和印象的女性。奧利佛的大姊。她是以「臣子」的身分協助奧利佛暗中行動。

夏儂・舍伍德

西拉・利弗莫爾

使用死靈魔法，將死者的骸骨當成使魔操縱。

沉默寡言的青年。奧利佛的大哥。他是以「臣子」的身分協助奧利佛暗中行動。

格溫・舍伍德

教師

魔道工學教師。喜歡出會讓學生受重傷的難題考驗學生。

恩里科・佛傑里

雪拉的父親，邀請奈奈緒來金伯利的人。

西奧多・麥法蘭

金伯利校長。君臨魔法界頂點的孤傲魔女。

艾絲梅拉達

七年級生

行事豪邁，但散發難以親近的氣息。奧利佛的同志之一。

卡莉・巴寇

魔法生物學教師。個性狂傲不羈，是學生們恐懼的對象。

凡妮莎・奧迪斯

鍊金術教師。目前行蹤不明，實際上已被奧利佛殺害。

達瑞斯・格倫維爾

―法蘭西絲・吉克里斯特　―路德・嘉蘭德　―達斯汀・海吉斯

序章

聽說第六隊穩如磐石。那支精銳部隊的隊長是知名的「靜海」，支援他的隊員也全都無懈可擊，有這樣的堅強陣容，不管從「門」裡出現什麼怪物都不足為懼吧。

然而克蘿伊・哈爾福德當下有不好的預感，而她的直覺在這種時候通常很準。最重要的是，她從學生時期開始就出了名地不會看氣氛。

所以在出發前一晚的酒會上，她喝完第二杯就立刻從座位起身，自己主動跑去其他桌露臉。

「你們明天可能會全滅，所以最好小心一點。」

然後提出這種怎麼聽都是在找碴的忠告。坐在後面那桌的兩名同伴誇張地把酒噴出來。也難怪他們會有這種反應。克蘿伊面前那張桌子的成員全都是身經百戰的異端獵人——亦即這世界上最不好惹的人。

「抱歉！看來我的同伴喝醉了！」「前輩，我們去外面吹風吧！」

同伴趕來抓住她的手，想把人拉走，但當事人站在原地一動也不動。克蘿伊活動肩膀，像是準備要開打。

「等等……剛才那是占卜嗎？『雙杖』。」

一道意外冷靜的聲音響起。聲音的主人散發的存在感，在獵人們當中也算是特別強烈，這名壯年男子就是第六隊的隊長「靜海」——雅各・拉特蘭。出了超過五十次任務從未大敗，部隊的平均傷亡也低於百分之五。在異端獵人的前線，全滅可以說是家常便飯，所以光是這樣的經歷就夠驚人了——而真正讓他聲名遠播的，還是某起發生在港灣都市的事件。

經歷了一場海上的戰鬥後，巨大的海生魔獸在死前掀起了一陣超過兩百英尺的超大海嘯。他只率領了一支部隊，就保住了一座本來會在那一晚毀滅的城市。暴風雨結束的早晨，都市的居民看著平靜到令人難以置信的大海，以及佇立在海面上的魔法師背影。寂靜之海的拉特蘭——這就是他外號的由來。

「不，只是預感。我的家族也有流傳占卜術，但和我個性不合，所以早早就放棄了。其實我連水晶球都不會用。」

克蘿伊即使面對這樣的傳說人物，依然不為所動。然而與輕浮的語氣相反，她的眼神十分嚴肅，她盯著眼前的魔法師們繼續說道：

「只是偶爾直覺會非常靈驗。這次正是如此，我感覺你們的未來出現了不祥之兆，也有浮現一些具體的影像……那邊那兩位，左腳和右肩的魔力循環不太順暢吧，那或許會成為全滅的肇因。」

被點名的兩名魔法師沉默不語，但「靜海」沒有忽視這段話，因為他昨天才點出了相同的事情。加上他們是今天傍晚才來到這座城鎮和克蘿伊的部隊會合，被人事先調查的可能性很低。

「……無法將天生的才能昇華成技術的類型啊。真是棘手。」

他因此得知對方並不是單純來找碴。「靜海」雅各以視線安撫同伴，繼續和克蘿伊對話：

「你們是獨立的游擊部隊吧。在這支部隊成立之前，好像都沒有部隊能夠駕馭妳呢。」

「是啊，我身上的退貨標籤都快貼滿了。不過異端獵人都差不多是這樣吧？即使包裝得像軍隊一樣，也只是表面而已。到頭來大家在前線還是各自為所欲為，畢竟我們是魔法師啊。」

克蘿伊毫不愧疚地說道。這段直截了當的發言，讓「靜海」忍不住露出苦笑。

「妳說得沒錯……你們是負責邦賈修那一帶吧。」

「嗯。但那邊應該會撲空。因為我這裡沒有刺刺的感覺。」

她指著自己的眉間說道。然而，「靜海」搖頭否定她的直覺。

「沒有人能夠精準預測『門』會在哪裡開啟。既然已經按照總部占卜科篩選的結果決定了配置，我們就只能遵從。還是妳想說自己的預感比專業的占卜師靈驗？」

「這個嘛，預感終究只是預感，也會有不準的時候。就只是這種程度的東西。」

「那妳剛才的忠告是什麼意思？」

「靜海」重新詢問對方的意圖。克蘿伊難為情似的搔了一下頭。

「……知不知道有人會來支援，會大幅影響能夠垂死掙扎的時間吧。」

「……？」

「靜海」與其部隊的成員都無法理解她的話中之意，露出困惑的表情。在眾人的注視下，克蘿伊將上半身往後仰，頓了一下後用力把手拍在桌上。

「『不管發生什麼事，我都一定會去救你們。所以千萬別放棄』——我只是想傳達這件事。」

她一字一句深刻地說著，同時從左至右一一正視第六隊成員的臉。別死，活下來——她的視線裡只有這個誠摯的想法。

就連異端獵人們都一時無言以對。

她的話到此為止。他們明白這個女子真的從一開始就只想傳達這點。這是克蘿伊．哈爾福德來這張桌子的唯一目的。

「──我請妳喝一杯吧。」

只有「靜海」用行為做出回應。他揮動白杖拉來一張椅子，克蘿伊也毫不猶豫地坐下。後面的兩名同伴緊張地觀望狀況。

「靜海」從懷裡掏出一個小酒瓶，朝空杯子裡滴了幾滴。克蘿伊見狀，露出困惑的表情。桌上已經擺了一大瓶的蒸餾酒，其他人也都在喝那瓶酒。

「……要混酒嗎？還是直接喝吧。」

「妳說喝郊區的便宜琴酒嗎？雖然在這種鄉下光是有酒喝就該慶幸了，但曼德拉草汁都比這個好喝。」

「我討厭喝味道甜的酒。一定要喝那種後勁強的。」

「妳喝酒的方式真粗俗呢……不用擔心，這是苦精，不會甜到哪裡去。」

「靜海」在說明的同時，將琴酒倒進裝著紅棕色液體的杯子裡。克蘿伊隨手拿起放到自己眼前的杯子喝了一口。

「……嗯嗯！？」

她只淺嚐一口就發出極為驚訝的聲音，然後順勢將杯子裡的酒一飲而盡。喝完酒後，克蘿伊立刻粗魯地將空酒杯放到桌上說道。

「——再來一杯！」

「很不巧。」

「靜海」說著將空的苦精瓶倒過來給她看。克蘿伊見狀，立刻變得一臉失望。男子露出得意的笑容。

「下次的酒會可以幫妳準備第二杯。但要等到這場戰鬥結束後才行。」

「呃啊！居然來這招！」

克蘿伊懊惱地大喊。她的反應讓異端獵人們忍不住露出苦笑，克蘿伊唸完一大串家教好的人聽了應該會昏倒的髒話後，眼眶含淚地起身。

「我們約好了！絕對不能毀約喔！」

「彼此彼此，如果妳說了這麼多大話結果卻先死了，我一定會讓妳的事蹟貽笑千古。做好覺悟吧。」

「靜海」雙手抱胸說道。克蘿伊哼了一聲後轉身，雙手環抱著一直站在後面的兩名同伴的肩膀邁開腳步。

「我會銘記在心——晚安啦。『靜海』雅各，祝你好運。」

「嗯，我也祝妳好運，『雙杖』克蘿伊。」

他們就此道別。並立下應該會在不久的未來實現的小小約定。

「……哈哈……妳真的第一個趕來呢……」

「靜海」用斷斷續續的聲音說道，缺乏生氣的臉上只剩下無力的苦笑——他靠在一塊大到像座小山丘的岩石上，傷勢已經嚴重到連體無完膚都不足以形容。

「…………」

克蘿伊站在「靜海」面前俯瞰著他。男子的左腳只剩下膝蓋以上的部位，三根折斷的肋骨刺穿側腹，全身的傷口更是連數都數不完。更詭異的是——相較於嚴重的傷勢，他流的血異常地少。原因是埋在傷口之間的褐色纖維物質。蔓延全身的異形「樹根」，將魔力連同血液一起吸收。

克蘿伊的兩名同伴在準備上前替他治療時，因為察覺這點而僵住。他們知道「靜海」這個人已經死了，那具身體現在只是一塊苗床。

「……別那麼生氣……大家都沒有放棄喔。真的一個人都沒有……」

他對沉默的克蘿伊如此說道，然後將視線移向用右手抱住的同伴……這邊不用特地確認也知道是屍體。即使是魔法師，也不可能剩半顆頭還活著。

「……妳的預感是正確的。總部完全誤判了侵略的規模。妳看看這副慘狀。整個盆地都被吞噬，只差一步就要變成異界……」

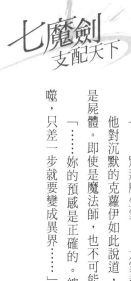

「靜海」說完後，轉頭看向其他地方，克蘿伊等人也跟著移動視線——並非什麼比喻，眼前的景色真的不屬於這個世界。

在這個廣大盆地的底部原本有個城鎮，之前有約兩千人在這個小有規模的鄉下城鎮生活。這裡盛產棉花、胡蘿蔔，以及從魔法蠶身上採的絲。原本還有十名魔法師定居於此，他們在事前避難時說服了當地居民，讓居民們下定決心捨棄過去的生活。

然後現在——克蘿伊等人俯瞰的盆地底部已經沒有城鎮，就連一點痕跡都沒留下。在土中蠢動的巨大泥龍粉碎一切，反覆挖掘攪拌。上面播了無數的種子，發芽後短短幾個小時就成長為覆蓋地表的廣大森林。一些完成任務的泥龍已經被樹根纏繞化為肥料，那幅景象直接顯示了兩者的關係。植物是統治者，動物是奴隸——與這個世界完全相反的異界秩序在此重現。

將視線從以驚人速度生長的異形之森移開後，就會發現盆地上空有個黑色漩渦——將這些東西帶來這裡的「門」，大量「種子」如雨般持續從那裡落下，然後潛入泥龍耕耘的土壤，貪婪地吸取養分快速成長。

幾道影子在上空眺望侵略的過程。每個影子全長約二十英尺，遠遠看過去有點像是披著大件蓑衣的人影，但那些人影的身體都是由老樹枝緊密纏繞而成，從上半身延伸出來的兩根粗樹枝狀似手臂，在前端形成銳利的剪刀。

那些當然不是人，甚至不是魔法生物。就連在底下蠢動的異形植物，都稱不上是他們的同類。克蘿伊緊盯著那些散發懾人魔力的存在。

「……那是造園家？有十二……不對，十三隻……？」

「原本有十五隻。我們勉強打倒了兩隻……不過那個一出現，結局就已經注定了。居然一開始就派出神靈，看來那邊的『神』是來真的呢……」

「靜海」以微弱的聲音說道，語氣顯得十分惱人。他將視線移回默默站在原地的克蘿伊身上。

「……不好意思，雖然妳特地趕來，但我們已經輸了。妳先撤退整合戰力吧。那不是兩、三支部隊能夠應付的對手……唔……！」

他話說到一半就開始呻吟。「樹根」的侵蝕變得更嚴重了。從傷口延伸出來的藤蔓交纏在一起填補身體，重建損傷的部位。入侵「靜海」體內的樹根甚至不允許他死亡，打算連他僅存的意志都要剝奪，將其貶為和泥龍一樣的傀儡。

「……在那之前，可以拜託妳最後一件事嗎？說來慚愧，我已經連自盡都辦不到了……」

清楚明白自身狀態的「靜海」，說出最後的願望。克蘿伊點頭拔出杖劍。她精準地將劍尖抵在男子仍微微起伏的胸口上——那個從她的角度來看稍微偏右的位置，是心臟的正上方。

「……抱歉。我沒有遵守約定。」

「別在意。我們雙方都一樣。」

兩人互相道歉。以此為信號，克蘿伊將杖劍刺進「靜海」的胸口，同時在他體內施展魔法——破壞心臟這個全身的血流和魔力循環的關鍵。克蘿伊做得很徹底，動作纖細到沒讓對方感到任何痛苦，又不讓任何人有機會利用那具屍體。她懷著慰勞的心情，對一直戰鬥到最後一刻的偉大魔法師與其生涯致上最高的敬意。

「——**燒除淨化**。」

「靜海」安心地陷入長眠後，克蘿伊直接替他的屍體進行火葬……被異界存在侵蝕過的屍體一定要當場燒得連灰都不剩，不然可能會引發新的災難。之所以要盡可能先破壞心臟，是因為如果沒這麼做，體內的異物可能會在焚燒時抵抗。

所有異端獵人最先要學的，就是這種葬送同伴的方法。這樣的行為，克蘿伊．哈爾福德打從開始上前線至今已經重複了不下十次。

「……克蘿伊……」「……前輩。」

兩位同伴站在她背後，不曉得該如何向她搭話。克蘿伊看著逐漸被燒毀的前輩屍體，低聲問道：

「——該怎麼辦？」

同伴們聞言，立刻交換了一個視線。在克蘿伊的部隊，他們經常負責做出冷靜的判斷。因為他們的隊長極度缺乏這方面的判斷力。

「雖然遺憾，但只能遵照『靜海』的指示。先撤退整合戰力……」

「我不是這個意思。」

克蘿伊冷淡地打斷克盡己職的同伴。兩名同伴在聽見這個聲音的瞬間，都直覺地感到不妙。他們的隊長已經連冷靜的判斷都聽不進去了。

「這場戰鬥結束後——我到底該去哪裡找什麼樣的酒喝！」

克蘿伊握緊拳頭吼道。與此同時，一把掃帚像是在回應她無處宣洩的心情般從上空降落。克蘿伊閃過同伴打算按住她肩膀的手，站上那把掃帚。她的使用方式比起掃帚，更像是衝浪板。

克蘿伊筆直飛向已經化為異形之森的盆地底部，察覺有人接近的泥龍停止耕地，朝她發動攻擊。那些在土裡移動的巨大身軀宛如地底的海蛇。面對眼前這些能輕鬆吞噬一座城鎮的威脅，克蘿伊完全沒有逃避直接跳下掃帚。

「——刀啊，斬斷一切，直至天際！」

克蘿伊將所有的怒氣都灌注到三節詠唱中，左右揮舞讓她獲得「雙杖」這個外號的兩把杖劍。斬擊橫掃視野內的所有泥龍，將逼近的泥龍全部切成片段。斬擊在那之後依然沒有停歇，又接連砍斷了數百棵異形樹木，宛如用鐮刀割草一般。上空的造園家們瞬間將注意力都集中到克蘿伊身上。

「你們這些混帳！居然在別人的世界這樣肆意妄為——！」

克蘿伊的咆哮震撼大氣，直達天空。即便眼前全是異界的景色，她依然正面向其宣戰。被砍倒的樹木底下突然湧出無數大大小小的奇怪生物。那些和泥龍一樣被上位種的植物們使喚的存在，一齊襲向妨礙森林成長的敵人。

「快回來！克蘿伊，妳想死嗎？」

「太亂來了，前輩！光靠我們，怎麼可能有辦法和這種敵人戰鬥……！」

同伴們追上毫無對策就衝出去的克蘿伊，舉起杖劍替她防備周圍。然而，只有三十人的游擊部隊根本無法應付宛如海嘯般蜂擁而來的異形大軍。即使將這些異形全數擊退，上空也還有強到能將「靜海」的部隊全滅的造園家。他們原本應該只剩下撤退這個選項。然而——

「——沒錯！連小孩子都知道那才是正確答案！不過——我無論如何都嚥不下這口氣。你們應該也明白我寧願魯莽地亂來，也絕對不會退縮吧？」

克蘿伊用咒語橫掃一群朝自己逼近的異形大軍，持續在最前線戰鬥。她用行動彰顯自己內心那股從很久以前就存在，無法用道理壓抑的意志。

「這份悲傷、焦躁、以及憤怒！全都是我！是我的一部分！如果嚥下這口氣！放棄展現自己的意志！我就不再是我了！克蘿伊・哈爾福德的靈魂將從這個世界上消失——！」

同伴們聽見這段話後，一同露出苦笑——那就沒辦法了。

克蘿伊的部隊打從一開始就全是由志願者組成。同樣地，在異端獵人當中也無人不知「雙杖」克蘿伊做事有多亂來。大家從一開始就明白她偶爾會採取這種行動。正因為她是無論面對何種困境都不會扼殺自己心靈的人——他們才會下定決心追隨她到天涯海角。

「看來這裡就是我的葬身之地……艾米，妳不逃跑嗎？」

「……艾德，這句話我原封不動地還給你。」

兩名與克蘿伊最親近的同伴在她背後交談。直到最後一刻都不曾讓出她身邊的位置——兩人互相傳達這樣的想法後，忍不住一起笑了出來。他們從學生時期一直延續到現在的關係，到死前都不會改變。

起。

「——果然又做蠢事了。妳真的一點都沒變呢。」

然而，從天而降的烈焰風暴吹散了他們甜蜜的想像，連同異形大軍和即將逼近的死亡氣息一起。

「…………？」「……咦……？」

搞不清楚狀況的兩人茫然地看著化為焦土的地面和上面的無數屍體——不過克蘿伊立刻代替他們找出了原因。她從盆地底部看向位於東北方的高地。那裡有著多到足以遮住整條地平線的魔像，一名身材矮小的老人站在最前面率領著它們。

「……哎呀～好久不見了，恩里科老師。」

克蘿伊朝那位熟悉的人物揮了揮手，態度輕鬆到像是在迎接晚一步來參加派對的朋友。

「怎麼帶這麼多大傢伙過來，你就這麼擔心可愛的學生嗎？」

「嘎哈哈哈哈！沒錯，其實我從昨晚開始就坐立不安，一直在擔心被某個笨蛋牽連的艾絲梅拉達和艾德格呢！」

「老師，不用害羞啦！我不是也非常可愛嗎？」

克蘿伊不甘心地回應老人的諷刺。恩里科繼續讓魔像展開砲擊，搭乘小型的浮空魔像降落盆地底部。恩里科．佛傑里與過去的學生一起站在戰場上，仰望上空的「門」。

「這扇門開得真大，看來是誤判了信仰的規模。」

「應該還隱藏了許多總部沒有掌握到的信徒吧，不然無法解釋這個尺寸。」

「有必要改善監視體制呢——在那之前，得先收拾掉眼前這些傢伙才行。」

老人看著上空說道。在他視線的前方，至今一直袖手旁觀的造園家們終於開始行動。克蘿伊將一半的泥龍切成碎片，恩里科的魔像部隊燒毀了他們好不容易培育的森林。這些人嚴重妨礙「神」賦予他們的使命，讓他們默默地燃起了怒意。

克蘿伊的嘴角露出無畏的笑容——這樣就好。這樣才對。即使對手來自其他世界，或甚至不是生物都無所謂。只要展現出敵意，無論是酒吧的醉鬼還是來自異界的侵略者，對她來說都是打架的對象。

「小嘍囉就交給魔像解決。問題是造園家，可以把一半交給老師處理嗎？」

「妳還是一樣不太會心算呢，應該把三分之二交給我吧。」

「臭老頭，算你有種！既然如此，就來比誰的動作快吧！」

兩人邊爭吵邊定下了作戰計畫。即使對這草率的決定感到傻眼，強力的援軍還是讓背後的異端獵人們的眼神重新燃起了鬥志。陽光將他們手裡的杖劍照得閃閃發亮。魔法師原本就沒有寬容到能夠忍受被人壓著打。

「啊，再追加一條規定！輸的人今晚要請喝酒！這樣如何？」

「嘎哈哈哈哈，好啊！沒想到妳這麼想請恩師喝酒！妳的敬老精神值得讚賞——！」

確保了之後用來慶功的酒後，他們以萬全的態勢重新開戰。魔法師們被賦予了最嚴苛的使命。那就是——做為這個世界的守護者，以異端獵人的身分戰鬥。

少年的意識緩緩浮出老舊的記憶之海，回到現實。

「…………」

他用力咬緊牙關——自從讓「她的靈魂」寄宿在自己身上後，少年已經不是第一次像這樣夢見過去，但這次的夢比以往都要鮮明，內容也糟糕透頂。

無論是友誼、信賴還是母親的靈魂，一切都早已在過去被踐踏，而且下手的正是那個老人。兩人過去的交流愈耀眼，遭到背叛後產生的陰影就愈深沉。奧利佛滿腔都是讓人發狂的疑問和憤怒。

「……？怎麼了？你的表情很糟糕喔。」

從隔壁床起身的皮特注意到他的狀況，開口詢問。奧利佛因此察覺自己的表情變得十分凝重，但他無法立刻恢復常態，只能無奈地將臉轉向室友。

「……我沒事……只是作了一個討厭的夢。」

第一章

Astronomy

天文學

某個畢業生曾經說過，金伯利新生的工作，就是在第一年裡盡全力發出慘叫和流淚。

「——這是魔法蠶。一年級生們，你們應該已經看懂剛才的示範了吧？」

他們正在上的課程，就是特地為了這個目的所準備。魔法生物學的教師——凡妮莎．奧迪斯笑著觀看正在燃燒的昆蟲殘骸。這樣的景象，讓一年級生們都嚇得倒抽一口氣。

一開始還很親近人的魔法蠶化為黑色的繭，在變成凶惡的怪物後立刻被她用咒語燒死。到目前為止的流程和奧利佛等人去年經歷的一樣，如今新生們也完整地體會過一次了。

「開始吧。只要十隻裡有五隻順利變成繭就算及格，很簡單對吧？雖然應該沒有人會這麼做，但可別想去剝開失敗的繭喔。去年有個笨蛋的手差點就這樣被吃掉。那種傢伙十年出現一個就夠了。」

凡妮莎聳肩宣告課程開始，學生們之間瀰漫著緊張的氣息。這種類型的課題比起技術更考驗精神，或者說就是在折磨精神。面對在箱子裡四處爬行的魔法蠶，有些學生甚至直接僵住。

「……丁恩，你還好吧？」

「……咦？你、你在說什麼。我當然沒事！」

兒時玩伴彼得．寇尼許一開口，一年級的男學生丁恩．崔佛斯就慌張地開始動了起來，從腰間掏出白杖對準魔法蠶——然後再次僵住。他完全無法想像自己成功的樣子。

「……哼。」

另一方面，在同一張工作臺的對角方向，一個身材遠比他嬌小的女孩已經展開行動。她以一秒鐘一隻的速度，接連用白杖對準魔法蠶的頭部施法。其中九隻順利變成正常的白繭，一隻則和剛才示範的一樣變成黑繭。這個結果，讓站在她旁邊的高大女同學——莉塔・阿普爾頓大吃一驚。

「……咦？泰、泰蕾莎，妳已經好了嗎？」

「這種課題本來就不值得花太多時間。**烈火燃燒**。」

泰蕾莎・卡斯騰以平淡的聲音說完後，毫不猶豫地用火焰咒語燒掉了黑繭，然後將宛如人偶般缺乏表情的臉轉向愣住的莉塔。

「妳也快點開始吧，在旁邊等很無聊。」

「我、我是很想這麼做……但需要心理準備……」

「放輕鬆做就行了吧。失敗的話，我會立刻殺掉。」

「咦，殺掉我嗎？」

「為什麼是妳？當然是蠶。」

泰蕾莎冷靜地吐槽嚇得發抖的莉塔。彼得見狀，佩服地說道：

「泰蕾莎一點都不怕呢。她果然很厲害。」

「有、有什麼大不了的！這點程度我也辦得到……」

丁恩用競爭心強迫身體動起來，將白杖對準一隻魔法蠶。彼得從朋友明顯過於著急的態度察覺危險，開口勸阻：

「等一下，丁恩。要是太過用力——」

丁恩沒有聽見朋友的忠告，將大量魔力注入魔法蠶。結果——魔法蠶幾秒鐘就結成黑繭，並立刻破繭而出。

「唔喔喔！」

「啊啊，果然！」

彼得發出慘叫，飛蟲在他面前襲向朋友。丁恩拚命揮舞魔杖詠唱火焰咒語，但沒仔細瞄準的魔法根本打不中小小的飛蟲。一旁的彼得拿起杖劍，對被飛蟲玩弄的丁恩大喊：

「丁恩，快蹲下！這樣我無法瞄準！」

「吵、吵死了！你才該退下，我一個人就能搞定——呃啊？」

少年執意不肯接受別人的幫助，但在他繼續詠唱前，飛蟲已經咬住他的右手腕。丁恩痛到放開白杖，他周圍的其他新生也陷入混亂。在附近看著這場騷動的凡妮莎若無其事地低喃：

「今年也有人的手被咬啊。每年都有這種笨蛋呢。」

「丁恩……！」

莉塔忍不住上前幫忙，但飛蟲鬆開丁恩的手後改為襲擊她。莉塔急忙詠唱的火焰咒語沒有打中，眼看飛蟲凶惡的下顎就要逼近她的脖子。

在恐懼的莉塔眼前——下一個瞬間，飛蟲的身體被一分為二。

「……咦……？」

莉塔維持伸出杖劍的姿勢呆站在原地。被砍成兩半的飛蟲掉落地面，一旁的嬌小少女——泰蕾莎靜靜將杖劍收回劍鞘。周圍的新生們甚至沒看見她揮劍，那一擊就是如此洗鍊。

「……你到底在做什麼？」

「……咦……」

少女用冰冷的眼神看向按著被咬的手腕跌坐在地的丁恩。她這句話既不是嘲笑，也不是侮辱，只是單純感到疑惑——怎麼會搞成這樣？

「老師有教要怎麼應付吧。只要能用杖劍，不管是用咒語還是用砍的都沒問題，再不然至少也能閃開。」

對她來說，做不到這些事還比較困難。因為她早已被培育成能像呼吸一樣自然地執行這些事。這樣的想法直接表露出來，讓丁恩因為某種恐懼的情緒變得表情僵硬。泰蕾莎盯著他看了一會兒後，像是明白了什麼般拍了一下手。

「啊，原來如此，我明白了——你還是個不成熟的小鬼。」

她輕輕點頭，然後像是對丁恩失去興趣般轉身離開。這樣的侮辱方式實在太過平淡——即使本人只是單純想通了，丁恩還是在愣了一會兒後。

「……妳——妳說什麼——！」

遲了幾秒才湧出的怒氣，像間歇泉般從他口中爆發。

「……她怎麼又在跟人吵架。」

同一時間，奧利佛從校舍二樓的大房間窗邊看見了這個狀況。憤怒的丁恩和不予理會的泰蕾莎，以及試圖安撫兩人的彼得和莉塔──奧利佛看著這個景象嘆了口氣，不管怎麼想，這場騷動都是前兩個人引發的。

「──喝啊！」

皮特拿起杖劍，砍向用憂鬱的側臉面向自己的奧利佛。雖然皮特應該是看準他將注意力放在其他地方才果斷地展開突襲，但奧利佛還不至於疏忽到無法應付這種程度的攻擊。他架開瞄準自己胸口的攻擊，趁對方重心不穩時補了一記掃腿，讓皮特直接跌坐在地。

「皮特，你太急著攻擊了。」

「不、不要看著別的地方說這種話！」

攻擊被輕鬆化解的皮特立刻起身抱怨。奧利佛停止注意窗外，苦笑地轉向眼鏡少年。

「抱歉，我很在意新生的狀況，下次不會再這樣了。」

奧利佛在道歉的同時重新擺好架式……像剛才那樣分心會澆熄皮特的熱情。就在奧利佛下定決心要集中精神面對皮特時──

「不，換人教他吧。」

「——咦？」

此時，某人從背後抓住眼鏡少年的衣領，將他拎了起來。奧利佛認出那個輕鬆用單手抓起皮特的高大學生後，驚訝地喊道：

「——Mr.歐布萊特？」

站在他面前的，是過去曾在一年級生最強決定戰中交手過的傲慢少年。歐布萊特看向驚訝的奧利佛，不滿地說道：

「我從剛才就一直在看，你的教法太溫吞了。又不是在教小孩。」

「不，我並沒有那個意思……」

「如果沒有自覺，那就更糟糕了。」

歐布萊特強硬地說完後，就直接抓著皮特轉身離開。

「皮特．雷斯頓，跟我來。本大爺好不容易記住了你的名字，怎麼能讓你一直當個雜碎，就由我親自來鍛鍊你吧。」

「放、放我下來！總之先放我下來！」

即使被人輕鬆抓著，皮特還是維持浮在空中的姿勢拚命掙扎抗議。歐布萊特乾脆地按照眼鏡少年的要求，將他放到地上。皮特瞪了對方一眼——然後像是在思考什麼般，反覆看向歐布萊特和奧利佛。

「……我知道了。Mr.歐布萊特，就麻煩你陪我一陣子吧。」

「皮特？」

這個回答讓奧利佛大受打擊。皮特走向愣住的奧利佛，指著他的臉說道：

「等著瞧吧——下次絕對要從你手中拿下一勝。」

眼鏡少年宣戰完後，就快步跟上歐布萊特。奧利佛默默目送皮特離開時，某人從後面拍拍他的肩膀出聲說道：

「…………」

「啊哈哈，你可愛的學生被人搶走了。奧利佛，打起精神來。我可以代替他陪你練習喔。」

帶著輕浮的笑容前來搭話的高個子少年，是圖利奧·羅西。他也曾在一年級生最強決定戰中和奧利佛交過手——但奧利佛現在根本不在乎這件事，只是持續看著被搶走的學生接受其他老師的指導，他們馬上就開始上課了。

「你知道自己弱在哪裡嗎？」

「……我的技巧還不夠成熟。」

在奧利佛的注視下，皮特不悅地回答問題。歐布萊特一聽就忍不住聳肩——像是在說對方是個外行人一樣。

「光這點就錯了。你認為的技巧只是『招式』。不過是像個人偶般重現學過的動作而已。」

「……招式……」

「招式只有在融入戰鬥後才能變成技巧。你必須抓住那個感覺，先把你目前最擅長的動作展現給我看吧。」

皮特思考了一會兒後，用慣用的左手擺出利森特流的中段——「雷光」的架勢。他用那個姿勢全力往前衝並刺出一劍，同時右手朝地面施力，迅速利用反作用力起身回到原本的架勢。即使動作略顯笨拙，但能這麼快恢復姿勢表示他有好好控制體內的重心。歐布萊特瞇起眼睛。

「利森特流的『英勇刺擊』啊。哼，以招式來說還不壞。」

「該怎麼做才能把這昇華成『技巧』？」

「如果只有這招，那和賭博沒什麼兩樣。試著在腦中想像用這招擊敗對手前的一連串攻防吧。」

皮特用手抵著下巴思考，歐布萊特繼續說道：

「想像一下。姑且不論剛入學時，你現在已經累積了一年以上的經驗。不僅近距離看過高手過招，還在課堂上與人交手過。只要不是瞎子——應該都大概知道魔法劍的戰鬥是怎麼回事了。」

皮特按照對方的吩咐想像戰鬥的流程。把「英勇刺擊」當成最後的決勝招式，從那裡逆推出之前的攻防。他在腦中想像多種曾親身體驗過的模式，從中挑出勝算和重現可能性較高的組合。過了一段時間後，他的身體自然擺出一個架勢。將杖劍打直放在與頭同高的位置，那是拉諾夫流的上段架勢。

「沒錯，雖然有點刻意，但可以先擺出上段架勢，將對手的注意力吸引到上方。『英勇刺擊』的關鍵是上下與前後的動作。先讓對手的眼睛習慣胸口以上的攻防，等對手在適當的距離朝你胸口放出咒語的瞬間，就是能漂亮地使出這招的好時機。」

歐布萊特肯定了皮特的答案後，輕聲笑道：

「這種突然縮短距離的招式只要一成功就能取勝，但失敗時的代價也很大。不過——你已經具備了勇敢往前衝的膽識，唯獨這點值得稱讚。」

「……就算被你稱讚，也只會覺得噁心。」

「呵，那你想被誰稱讚？」

歐布萊特這個像是看穿對方想法的提問，讓皮特瞬間僵住。他勉強不讓視線飄向心中所想的人物，但還是察覺自己的臉頰已經變紅。歐布萊特見狀，便忍不住笑道：

「你還真是好懂……原來如此，難怪奧利佛會這麼疼愛你。」

「……閉嘴……！」

皮特為了掩飾自己的動搖，重新轉向歐布萊特擺出上段的架勢。後者像是在歡迎對方的挑戰般，從容地拔出杖劍。

「不錯的魄力。就用那把杖劍讓我閉嘴吧。」

另一方面，奧利佛在和羅西對峙時，也一直側眼觀察兩人的狀況。

「……他們到底在說什麼……」

「有破綻！」

羅西看準時機發動攻擊，使出脫離常軌的獨特劍術——不過他的劍術在輸給奧利佛後融合了新學的庫茲流技術，讓動作變得更難應付。羅西施展複雜的步法搭配「炫目鬼光」的障眼法，繞到奧利佛的側面。

「——唔喔？」

然而，奧利佛俐落地用腳跟重重踢中了他的胸口。因為是在攻擊時被擊中，加倍的衝擊讓羅西直接跪倒在地。察覺攻擊漂亮命中的奧利佛，連忙衝向對手。

「抱歉，羅西。我原本沒打算踢這麼重的。」

「唔呃……你這是在遷怒吧……」

羅西發出摻雜著悔恨和憤慨的聲音——對方明顯精神並不集中，卻還是輕鬆地化解了他的攻擊。這表示雙方的實力差距非常大。看來在自己重新鍛鍊的期間，對手已經跑到了更遠的地方。

「……真是讓人受不了……」

羅西呻吟著按住腹部，嘴角卻露出和痛苦相反的凶惡笑容——沒錯，好不容易有了目標，就是要這樣才有趣。

「——喝啊啊啊！」

一道充滿鬥志的吆喝聲同時吸引了兩人的注意力。在同一個大房間對面的角落，嘉蘭德師傅正在和一名東方少女激烈地交鋒。奧利佛緊盯著那裡看，一旁的羅西嘆了口氣說道：

「……這次換那裡啊。奧利佛，你真不缺分心的目標呢。」

「——雖然我不否認，但要人不注意那裡還比較難吧。你不也一樣嗎？」

「哈哈，的確——小奈奈緒真是太迷人了，她的攻擊又變得更凌厲了呢。」

羅西站到奧利佛旁邊，用手托著下巴觀戰。在經過猛烈的交鋒後，奈奈緒用力往前踏出一步，嘉蘭德在極近距離躲過這一擊後，用杖劍橫砍少女的慣用手。這位魔法劍師傅完美地應付完奈奈緒的猛攻後，重新拉開距離尖銳地喊道：

「妳剛才那一步踏得太草率了。別誤把魯莽當成了勇敢，再來一次！」

「是！」

天性率直的奈奈緒接受老師的指點後，再次開心地與高手對峙。就在奧利佛等人看她看得入迷時，一個縱捲髮少女靜靜地走了過來。

「老師也指導得愈來愈直接了呢。應該是正式認定她值得栽培吧。」

「嗯……最優秀的學生配上最優秀的老師。這樣沒道理不進步。」

奧利佛點頭回應少女的話——下一個瞬間，「上方」傳來出乎意料的聲音。

「路德看起來很開心呢。既然這麼中意她，怎麼不乾脆收她當弟子呢？」

一個和雪拉一樣留著縱捲髮的金髮男子，以倒立的姿勢站在大房間的天花板上。儘管學生們都驚訝地看向男子，但被點名的嘉蘭德像是早就發現他般笑著回答：

「西奧多前輩，她才二年級而已。現在應該多讓她體驗不同的領域。」

「看來你不急著先挖角她。這方面和達瑞斯完全相反呢。當然，這也是你的優點。」

西奧多聳肩說道。從兩人輕鬆的對話，能看出他們已經是認識多年的好友。奧利佛和雪拉看著這個溫馨的場景，前者一臉凝重，後者則是露出傻眼和死心參半的表情。

「…………」「……唉……」

「怎麼了？你們的表情都好嚴肅喔。」

羅西疑惑地詢問，但兩人都沉默不語。這段期間，嘉蘭德繼續對著天花板說道：

「話說既然人都來了，就請你幫忙指導一下吧。展現你的利森特流，讓學生們開開眼界吧。」

「既然被劍聖直接點名，那就沒辦法拒絕了。更何況我心愛的女兒也在場，就來稍微努力一下吧。」

西奧多瞄了雪拉一眼後，降落地面。他代替退到場外的奈奈緒，隔著一步一杖的距離與嘉蘭德對峙，然後拔出腰間的杖劍擺出架勢。

「現在和學生時期不同了，請你手下留情。」

「你說笑了。上次和前輩交手，已經是兩年前的事了呢。」

嘉蘭德開心地跟著擺出架勢。另一方面，皮特也和其他學生一樣緊張地注視這個景象，一旁的歐布萊特低喃道：

「高手之間的過招啊。皮特．雷斯頓，你可要看仔細了。」

「嗯……」

「雖然以你現在的眼力，應該看不見多少。」

「這句話是多餘的！」

就在皮特抗議的瞬間，互相對峙的兩名教師同時展開行動。一開始的交鋒意外地緩慢，但雙方的攻勢都逐漸變得愈來愈猛烈，兩人之間也開始濺出無數火花。皮特的眼睛跟不上戰鬥的走向，驚訝地僵在原地。

「……？……？………？」

「你果然還看不見。不用擔心，我來——」

「我來說明吧，皮特。」

就在歐布萊特準備說明時，另一個聲音打斷了他。歐布萊特看向聲音的方向，奧利佛不知何時已經若無其事地站在皮特的另一邊。

「……喂，他現在應該是由我管教吧？」

「只有你直接教皮特時是那樣，觀戰的時候就不同了。」

「哪有這種道理。總之你別插嘴。」

歐布萊特在說話的同時抓住皮特的肩膀，但奧利佛也立刻抓住另一邊肩膀，強硬地對著皮特的耳朵說道：

「皮特，不要想著全部都看見，只要從已知的部分開始分析就好……首先，就從老師們的架勢開始吧。」

皮特反射性地將注意力集中到被問及的部分。眼鏡少年勉強觀察用快到看不見的速度交鋒的老師們的殘像，缺乏自信地回答：

「……我覺得分別是拉諾夫流的中段，以及利森特流的中段……」

「沒錯，兩人都擺出了最基礎的架勢，應該是為了方便我們比較吧。使用的也幾乎都是我們學過的技術。」

「是、是這樣嗎？」

幾乎看不出來發生了什麼事的皮特，聽了十分驚訝。另一方面，歐布萊特也不甘心讓人搶走老師的工作，抓住眼鏡少年的肩膀將他拉向自己。

「你仔細看Mr.麥法蘭的腳步。他持續給予對手壓力以縮短距離，同時不讓對手往側面逃。那是利森特流牽制對手的基本方式。只要一直維持能發揮自己長處的狀況，就能夠提高自己這邊的勝算——」

「也別忘了注意嘉蘭德老師接招的方式。雖然乍看之下是被迫防守，但還是有確實地穿插一些反擊，不讓對手主導局勢。擋下凌厲的攻勢，等對手無法繼續進攻必須後退時，就是最好的時機·例如看準對手後退時往前衝——」

「唔、唔、唔。」

「你們兩個冷靜一點。這樣只會害皮特陷入混亂。」

就在皮特因為同時接收到兩種不同的情報而頭昏眼花時，雪拉前來打圓場。因此醒悟的奧利佛和歐布萊特停止開口，教師們的比試也正好在這時候結束。兩人在短暫的時間內交手了超過一百回合，然後重新間隔一步一杖的距離互相對峙。

「……呼，路德，這種時候應該要多給前輩一點面子吧。」

「怎麼可能。不管是以前或現在，我都不覺得自己有辦法對前輩放水。」

西奧多解除架勢喘了口氣，嘉蘭德則是朝他露出笑容。縱捲髮教師收起杖劍，並環視周圍的學生們。

「這樣應該多少有點參考價值吧？那麼，我先告辭了——再見了，雪拉，我親愛的女兒。」

「好好好，我知道了，拜託你快點走吧。」

雪拉嘆了口氣，隨口敷衍朝自己拋飛吻的父親。西奧多露出滿足的微笑後離開大房間，嘉蘭德立刻下達新的指示，讓學生們各自回去練習。

雖然新生的工作是發出慘叫和流淚，但升上二年級後當然要面對更進一步的考驗。只是經過一年的鍛鍊和適應後，他們不再那麼輕易地哭喊了。

「歡迎你們。呵呵呵，今天的課題真令人期待。」

魔法生物學的教師凡妮莎·奧迪斯環視變得比去年堅強的學生們，愉悅地舔了一下舌頭。她的背後有一塊用柵欄隔開的空間，裡面有幾隻像小馬的奇妙動物。那些動物的上半身擁有宛如猛禽般的翅膀，下半身纖細的肌肉和骨骼則是更像貓科動物。一眼就認出那是什麼的卡蒂低喃道：

「……是獅鷲。」

「不過是雛鳥。牠們剛孵化一個月，現在是已經長出羽毛，開始變得比較像樣的時期。」

以雛鳥來說，柵欄裡的生物未免太有魄力，凡妮莎轉向那些獅鷲，開心地繼續說明：

「今天的課題就是馴服牠們。簡單來講，就是訓練出『會聽魔法師命令的動物』。雖然用什麼方法都行，但可沒那麼容易喔。畢竟在以前的棲息地，牠們可是位於魔法生態系上層的『掠食者』，不具備向其他生物低頭的想法。」

凡妮莎說完後走向柵欄，最靠近的獅鷲立刻咬住她的肩膀。在驚訝的學生們面前，凡妮莎維持被咬的狀態露出從容的笑容。

「呵呵呵，很好，真是有活力。這樣才有管教的價值。」

她的右手逐漸變成詭異的形狀，然後用長出爪子的巨大手臂抓住獅鷲的脖子。完全無法反抗的獅鷲只能不斷揮動四隻腳掙扎，發出尖銳的慘叫。

「乖乖把你的肚子露出來，向我搖尾乞憐。不然——你應該知道下場吧？」

明明語言不通，這句話還是讓局勢就此底定。被抓住的一方明白了實力差距，放鬆身體表現出服從的態度。魔鳥搖著尾巴祈求對方大發慈悲，這個反應讓凡妮莎放開獵物，獅鷲一落地就立刻慌張地逃到柵欄的邊緣。

「——大概就是這種感覺。重點是要讓牠們明白誰才是老大，這樣才能讓牠們從猛獸變成牲畜。當然一不小心被襲擊可能會死掉，我一個人無法照顧你們所有人，所以今天高年級生會陪你們一起上課。喂，進來吧！」

凡妮莎一喊，原本在卡蒂等人後方待命的高年級生便一齊上前。捲髮少女在二十幾名四～七年級生中發現熟面孔後，表情瞬間一亮。

「密里根學姊！」

「你們好啊。我覺得這堂課對卡蒂來說應該會是個難關，所以就忍不住過來幫忙了。」

「……真是幫了大忙。我從剛才開始就一直有不好的預感。」

密里根立刻來到卡蒂身邊，雪拉坦率地表示感謝。等每一組都分配到一個高年級生後，六年級的女學生高高舉起白杖。

「大家看這裡！有許多方法能夠馴服魔獸，但基本上是靠獎勵和懲罰。而懲罰在這個階段特別重要，因為牠們現在打從心底瞧不起你們。」

她在說話的同時打開柵欄，將一隻獅鷲誘導到外面。在二年級生們的注視下，高年級的女學生與魔鳥近距離對峙。由於才剛發生過凡妮莎被咬的事件，所以現場的觀眾比她本人還要緊張。

「雖然一開始就讓牠們吃點苦頭，可以削弱牠們的銳氣，但這樣之後還要費工夫替牠們療傷。所以最有效的是劇痛咒語。魔鳥類的身體構造和人類並沒有差太多，只要掌握訣竅就能讓咒語生效

——喂，給我坐下。」

女學生在說明的同時上下揮動白杖，對獅鷲下達命令，但魔鳥將臉偏過去忽視她。獅鷲明顯聽

得懂命令，但還是用動作表達輕視。

「被忽視了呢。這時候就要這樣──**痛苦滿溢**。」

女學生按照預定施展咒語。一被從杖尖發出的光芒碰觸到身體，獅鷲就全身顫抖地倒在地上。

「ＫＹＯＯＯＯＯＯＯＯＯＯＯＯ！」

獅鷲發出尖銳的慘叫聲在地上掙扎。這個景象讓卡蒂握緊雙拳，一旁的奧利佛則是提心吊膽地擔憂不曉得她何時會上前阻止。

「嗯。失蹤的達瑞斯老師曾說過，疼痛對賢者和愚者都是平等的。像這樣對牠們下達命令，如果遭到反抗或忽視就反覆施加疼痛。持續一段時間後，牠們就會開始不情願地遵從命令，這時候就可以給予獎勵了。餵牠們吃喜歡的肉，好好誇獎牠們吧。」

女學生指向事先放在工作臺上的生肉。凡妮莎偷吃了一塊──應該說直接吞下一大塊肉後補充說明：

「話先說在前頭，獅鷲的蛋一顆可以賣到兩百萬貝爾庫以上。只有金伯利有辦法讓學生用這種高價品上課。牠們成長後幾乎不可能親近人類，只要馴服失敗那筆錢就等於白花了。之後會變成我的下酒菜。」

凡妮莎用和之前不同的方式對學生施壓。她坐在工作臺上晃動雙腳，滿意地看著表情變僵硬的二年級生們。

「你們就好好努力吧。雖然我樂見自己的下酒菜變多，但你們應該不希望老家收到高額的請款單吧？那麼——開始吧。」

學生們像突然被丟到荒野般，在毫無心理準備的情況下面對課題。每組學生都一齊展開行動，奧利佛等人也互望彼此討論。

「…………………那麼，該怎麼辦？」

「……我姑且問一下，剛才示範的那種作法……」

「堅、決、反、對！」

卡蒂直接打斷這個提議。雪拉將手放在卡蒂肩膀上安撫她，繼續說道：

「我當然知道——話雖如此，我們也不能放棄老師出的課題。我們這組必須思考劇痛咒語以外的方法。」

「呵呵呵，這時候就要活用我們的共同研究。」

密里根露出別有企圖的笑容，然後直接和轉頭過來的卡蒂對上眼。

「異種間傳播學——這門學問就是為了這種時候存在。對吧，卡蒂！」

「沒錯，學姊！」

兩人第一次這麼意氣相投地互相點頭。就在奧利佛等人驚訝不已時，蛇眼魔女開始高聲向眾人宣告：

「大家聽好了！雖然在程度方面有個體差異，但利用劇痛咒語馴服獅鷲有累積憎恨的副作用！從古至今，因為這股憎恨在出乎意料的時間點爆發導致的意外不勝枚舉！不過！只要運用異種間傳

播學重視的雙向溝通！我們就能和魔法生物建立更高層次的關係！我現在就來實踐給各位看！」

密里根在演講的同時走向柵欄，揮動白杖將一隻獅鷲誘導到外面。她將獅鷲帶到奧利佛等人那裡時，也持續高聲說明：

「想要建立良好的關係，就必須先仔細了解對方！就這方面來說，我可以算是已經達成條件！畢竟我對獅鷲可說是無所不知！無論是牠們靠吃什麼維生、喜歡什麼樣的環境、各個內臟的位置，或是致命的弱點在哪裡，我都非常清楚！獅鷲啊，不用害怕！我是你最好的知己！」

奧利佛差點就要說出「哪有這種道理」，但在發現一旁的卡蒂也露出相同的表情後，就勉強將話嚥了回去……的確，難得高年級生願意幫忙，沒必要這時候干擾她。

「遺憾的是，獅鷲沒有語言！不過牠們是會和同類群聚生活的生物，所以也有交流和友好的概念！我接下來就實踐給各位看——**長出羽毛吧！**」

密里根脫下長袍對自己施咒。她的雙手到肩膀長出類似獅鷲的羽毛，嘴巴也形成巨大的鳥喙。然後，她將兩隻翅膀在眼前交叉。

「像這樣闔起翅膀，是同種間表達『沒有惡意』的信號！並非逼對方接受我們的作法，而是自己主動配合對方！這種謙虛的態度可以說就是異種間傳播學最大的特徵！雖然習慣用舊的馴服手段的人，可能會覺得這樣做太迂迴——但各位看仔細了，我接下來要緩和牠的敵意！」

密里根從翅膀後面觀察獅鷲的狀況，持續動著鳥喙說道。奧利佛等人看向獅鷲的方向——雖然有點微妙，但總覺得獅鷲散發的氣息似乎真的稍微緩和了一點，只是比起接受對方的善意，更像是單純感到困惑。

「接下來是第二階段！獅鷲之間在確認彼此沒有敵意，並打算進一步建立更深厚的關係時，會互相摩擦鳥喙表示友好！只要能做到這點，就等於是變成了朋友！」

密里根以緩慢但充滿自信的腳步走向獅鷲。等她走到獅鷲面前時，獅鷲也稍微將身子往前傾，主動伸出鳥喙。這個景象就像是人類主動要求握手。在學生們緊張的注視下，獅鷲靜靜將鳥喙靠向魔女——

「KYOOOOOOOO————！」

強烈的高音在她耳邊爆發。密里根的雙耳噴出大量鮮血，直接朝背後倒下。

「——學！」「學姊——？」

凱和卡蒂尖叫出聲，六人急忙趕到魔女身邊。在他們用杖劍牽制獅鷲將密里根拖走的期間，被拖走的當事人卻用不合時宜的開朗語氣說道：

「哈哈哈，沒想到居然在極近距離中了音波攻擊——嗯？不好意思，卡蒂，我完全聽不見妳在說什麼。話說天空怎麼變成深紫色了？」

「兩邊的鼓膜和內耳都受損了！」「也可能有腦出血！快點幫她治療！」

奧利佛和雪拉觀察完她的傷勢後，立刻展開治療。其他組的學生在看完事態的發展後，都像是覺得「下場果然是這樣」般回去處理自己的課題，身為教師的凡妮莎更是直接捧腹大笑。雖然覺得後者很惹人厭，但剛發生那樣的事情，就連奧利佛都提不起勁抗議。

「……我也要試。」

捲髮少女緩緩從躺在地上的密里根旁邊起身。凱聞言瞬間愣住，但在慢了一拍理解這句話的意思後，就急忙抓住卡蒂的手不讓她走。

「咦？妳是笨蛋嗎？怎麼可能讓妳去試啊！妳也看到剛才的結果了吧！」

「那又怎樣？異種間交流的路可沒有輕鬆到挑戰一次就能成功！」

卡蒂揮開凱的手繼續前進。雖然凱還想追上去，但奧利佛按住他的肩膀——在這種狀況下，不管說什麼都無法阻止她。

「你好，獅鷲先生。我叫卡蒂．奧托……可以跟我作朋友嗎？」

捲髮少女隔著幾步的距離向魔鳥問道。獅鷲揮動翅膀回應——棲息在那裡的風之精靈開始颳風，用代表拒絕的強風將卡蒂往後推。儘管幼體的力量不強，但這是和紅王鳥相同性質的能力。

「……不對，抱歉，我訂正一下。『我要讓你成為我的朋友』。就算你再怎麼不願意也一樣。」

面對這陣強風，卡蒂一步也不退讓，堅定地如此說道。奧利佛聽見後，內心感到一陣刺痛——她去年絕對不會說出這種話。與傲慢表裡一體，與瘋狂相同性質——那無疑是「作為魔法師的強悍」。

「KYOOOOOOOOOO！」

少女逆風往前踏了一步，然後像剛才的密里根那樣遭到音波攻擊。刺耳的高音讓卡蒂臉色大變，她站的位置剛好會被直接命中。

然而，她不僅沒有倒下，還用右手舉起白杖，在前方展開了遮音障壁。

「——我會自我防衛。雖然我不打算把你當成奴隸，但也不會成為你的餌食。儘管放馬過來吧。我會全力奉陪，直到你滿意為止——！」

卡蒂說出自己的決心，繼續拉近與獅鷲的距離。魔鳥被她的魄力嚇得後退。從遠處觀察狀況的凡妮莎不悅地說道：

「哼，要試新的作法是無所謂，但奧托小姑娘，如果不在時間內做出了斷，我會判你們整組不合格喔。妳覺得自己有機會成功嗎？」

追求理想的少女，只能握緊拳頭面對嚴厲的現實。卡蒂轉身向背後的同伴們問道：

「……各位，可以給我幾分鐘的時間？」

她詢問其他人是否有餘裕，願意在這堂課給自己多少機會。

「坦白講，我想堅持這樣的作法，不過——我也不想害死牠。」

如果馴服失敗，獅鷲就會被廢棄。既然自己拒絕使用成功機率較高的方法，卡蒂就必須背負所有的責任，所以她痛下決心設定界線。她比誰都要沉痛地理解自己還不夠成熟，無法保證一定能夠拯救眼前的生命。

在確切明白她心情的前提下，雪拉和奧利佛互望了一眼。

「……最少要保留三十分鐘。奧利佛，你覺得如何？」

「……嗯，有這些時間，就能做到最低限度的馴服。」

兩人看向凱和皮特，最後所有人都點頭同意，表示願意幫忙收拾殘局。

捲髮少女將對朋友們的感謝埋藏在心裡，然後全心全力面對眼前的挑戰。

「謝謝你們——在那之前，就讓我來試試看吧。」

然後，時間在沒有發生任何奇蹟的情況下流逝。

「……呼、呼……！」

卡蒂大口喘氣。在反覆遭遇抵抗後，她雙手上長出的羽毛早已殘破不堪，捲髮少女不僅變得遍體鱗傷，就連喉嚨都因為詠唱過多咒語而沙啞。聲音、姿勢、表情、魔力的波長——她用盡各種暴力以外的手段嘗試溝通，但全都以失敗告終。

「…………」

奧利佛心想這也難怪。這和之前去救皮特時，奈奈緒在迷宮第二層與魔猿的溝通完全不同。當時只要表達「我方沒有敵意」就夠了，但這次必須建立友好關係。而且對象還是完全沒有那個意思的獅鷲，不管是誰都會覺得極度困難。

「……喂，已經夠了吧。」

「不，讓她努力到最後一刻吧。」

時間已經所剩不多，看不下去的凱打算阻止，但奧利佛堅持讓她挑戰到最後。如果少女有表現出想放棄的跡象，他應該也會上前阻止，不過——

「凱，你看仔細了。那是屬於卡蒂的戰鬥。不管是過去，還是未來——她都打算像那樣與現實奮戰。」

卡蒂一點都不打算放棄。就連現在這個瞬間，她也以集中到能夠忽視傷口疼痛的注意力在觀察獅鷲的一舉一動，摸索能夠贏取牠信任的方法。奧利佛不想打擾她。那道身影，值得所有魔法師的尊重。

但給予卡蒂的時間確實有限。雪拉在不曉得看了第幾次懷錶後，宣布到此為止。

「很遺憾……卡蒂，時間到了。」

「……唔……！」

這句話讓卡蒂的背影顫抖了一下。縱捲髮少女走向卡蒂，將手放在她的肩膀上溫柔地說道：

「妳已經很努力了……退下吧。妳可以把耳朵摀住沒關係。」

「我不要！」

卡蒂用沙啞的聲音大喊，兩眼不斷流出豆大的淚珠。

「牠是因為我才得受苦……我絕對不能逃避這個結果……絕對不能！」

捲髮少女堅持要留下來看著獅鷲。既然她已經如此決定，就不可能聽任何人的勸。雪拉和奧利佛下定決心，走向魔鳥。

「——咦？」

在兩人的背後，一根白皙的手指溫柔地逝去卡蒂臉頰上的淚水。

「妳是個溫柔的孩子呢。」

一道溫和的聲音傳入耳中，讓捲髮少女茫然地看向後方。一個高年級的女學生站在那裡，用雙手抱住她。那頭淡金髮和溫柔的笑容融化了卡蒂的內心，奧利佛見狀驚訝地喊道：

「——大姊？」

夏儂．舍伍德聽見後，瞇起眼睛看向少年。接著一陣渾厚的弦樂演奏聲響徹周遭。熟悉的音色，讓奧利佛立刻看向聲音的方向——一個高年級生正在用以白杖加工而成的琴弓演奏中提琴。

「大哥也來了……！」

格溫．舍伍德瞄了奧利佛一眼後，就默默地繼續演奏。空間裡充滿帶有魔力的樂音，在場的所有人都忍不住側耳傾聽。不對，不只是人，就連不懂音樂的獅鷲都停下腳步，沉浸在他的演奏中。

「——這個孩子，是想要……拯救你喔。」

夏儂沒有拿著白杖，在演奏聲中靜靜走向獅鷲。她毫不猶豫地碰觸鳥喙，像是在勸導年幼的孩童般斷斷續續地說道。

「……嗯……嗯……乖孩子——妳過來一下。」

夏儂轉身朝捲髮少女招手。卡蒂莫名其妙地遵從指示，再次站在魔鳥面前。

「妳現在可以，拜託牠做事情了。」

勢。

夏儂以溫和的聲音如此保證。不可思議的是，卡蒂一點都不感到懷疑，她點頭要求獅鷲擺出姿

「……可以拜託你……張開翅膀嗎？」

少女面對獅鷲用力張開雙手。魔鳥看了幾秒後——停止產生風並張開翅膀。卡蒂驚訝地倒抽了一口氣。

「牠遵從命令了——這樣算達成課題了吧。」

中提琴的演奏戛然而止，格溫輕聲如此問道——一直在旁邊靜觀其變的凡妮莎粗魯地跳下工作臺。

「喂，給我等一下。舍伍德兄妹，你們太多管閒事了吧。這可是二年級的課，你們幫她完成課題有什麼用。」

「我們只有用演奏安撫獅鷲和在最後幫忙牽線而已。Ms.奧迪斯，這應該還在支援的範圍內吧。」

格溫以平靜但毫不退縮的語氣反駁。凡妮莎一聽便皺起眉頭——但下一個瞬間就愉快地大笑。

「……哈，原來如此。意思是『既然無法說明你們做了什麼』，就沒資格抱怨吧。」

魔法生物學教師含笑著說道。金伯利有一條不成文的規定。即使是教師，也不能對「無法看穿的魔法造成的結果有意見」。如果要責備夏儂和格溫多管閒事，就該先說明他們的手法。

「你說的有道理——好吧，今天就算他們及格。不過之後還要繼續馴服獅鷲，希望這不是一時

的權宜之計。」

凡妮莎說完後，下課的鐘聲響起，學生們一齊讓獅鷲返回柵欄。奧利佛鬆了口氣——他沒想到會在表面的生活受到大哥和大姊的幫助。

「呃，那個……！謝謝你們！」

卡蒂急忙跑向準備離開的格溫和夏儂，激動地向回過頭的兩人問道：

「請告訴我！你們剛才做了什麼？你們……讓我和這孩子心靈相通了吧？」

卡蒂的視線忙碌地在獅鷲和兩人之間來回。夏儂露出困擾的微笑，一旁的格溫徐徐開口：

「……家妹不擅長說明，所以由我來代替她回答吧。Ms.奧托，其實妳有八成是靠自己的力量做到的，夏儂只是幫忙從背後推了一把。我們不能告訴妳方法，就算說了妳也無法模仿。這是只有家妹辦得到的事情。」

這個堅定的回答讓卡蒂頓時語塞。格溫與妹妹一同轉身離開，並在最後補了一句：

「妳走的是一條險路，但並非死路……我們只能這麼說。」

上午的課程結束後，奧利佛等人一如往常地在「友誼廳」吃午餐，但今天大家都很少說話，因為卡蒂以秋風掃落葉之勢快速吃完了燕麥片。

「——我吃飽了！我要去找獅鷲！晚點見！」

她用紙巾擦了一下嘴角就從座位起身，快步走出校舍。她與凡妮莎交涉，獲得在上課時間外繼續馴服獅鷲的許可，所以打算用剩下的午休時間繼續和獅鷲交流。奧利佛等人懷著鼓勵的心情目送她離開。

「……我要去圖書館。」

另一方面，眼鏡少年也在簡單吃完午餐後起身離席。他平常就常跑圖書館，但今天的狀況有點不太一樣。凱將剩下的土司塞進嘴裡，追上皮特。

「等一下，皮特，我也要一起去。」

「咦？」

這段出乎意料的發言，讓皮特驚訝地睜大眼睛，其他人也以同樣的心情看向凱。在八隻眼睛的注視下，他忍不住稍微退縮。

「不、不要這麼驚訝啦，我也是會看書的。沃克學長推薦了我幾本關於野外求生的書。」

奧利佛恍然大悟。雖然包含凱本人在內，大家都認為他是靠身體學習的類型，但在接受「生還者」的指導後，凱的學習態度也產生了變化。他的上進心絕對不輸卡蒂和皮特。

或許是受到他的幹勁影響，這次換奈奈緒放下手上的叉子起身。

「讀書也很重要。兩位，可以讓在下也一起同行嗎？」

「這組合是怎麼回事……我是無所謂，但你們真的會讀書吧。如果在那裡睡午覺，會被圖書館員罵喔。」

「放心，我已經被罵過了。但我覺得用書教訓人還是太過分了。」

或許是想起了當時吃過的苦頭，凱用手摸著後腦杓說道。和他們站在一起的奈奈緒，朝桌子的方向說道：

「奧利佛，雪拉大人。你們要一起來嗎？」

「嗯——」

少年原本準備跟著起身，但被同桌的雪拉打斷。

「奈奈緒，你們先去好嗎？我們過十分鐘後再去找你們。」

她這句話讓奧利佛又重新坐了回去，奈奈緒等人也在點頭後轉身離開。等三人的背影都消失在大廳外，縱捲髮少女重新開口：

「對不起，把你留下來……我必須跟你討論一件事。」

雪拉一臉嚴肅地找奧利佛商量，後者也大致猜到了內容。

「……是西奧多老師的事吧？」

「……沒錯，不只是今天的事情……伽拉忒亞的事件也實在讓人無法忽視。」

雪拉點頭。她說的「伽拉忒亞事件」——是指西奧多企圖讓奈奈緒和砍人魔交手的事情，奧利佛已經將這件事的經過告訴了身為女兒的雪拉。少年回想在夜晚的街道上發生的事情，坦率說出內心的疑問。

「那個人到底對奈奈緒有何企圖——我只想知道這件事。我知道他對奈奈緒抱持特別的期望，

但不曉得他想把她導向何處。將奈奈緒從日之國帶來這裡，並訓練她成為魔法師……之後到底要做什麼？」

「從結論來說，我也猜不透他的想法。父親從以前就是個充滿謎團的人，對奈奈緒的事更是如此。不過——身為女兒的直覺告訴我，他對奈奈緒的執著非比尋常……只有這點可以確定。」

這個回答，讓奧利佛雙手抱胸陷入沉思。雪拉看著在茶杯裡晃動的紅茶，繼續說道：

「那種程度的魔法師對別人抱持強烈的執著，本身就跟強烈的詛咒沒什麼兩樣。雖然我這個女兒可以保證那並非單純的惡意……不過即使如此，還是無法讓人放心呢。」

「的確……真要說的話，密里根學姊當初也沒有惡意。」

奧利佛舉卡蒂被綁架的事情當例子，嚴肅地點頭……兩人都很清楚魔法師的行為即使毫無惡意，也能輕易危害他人的性命。

「至少這應該和麥法蘭的魔道沒有關係。身為家族長女，這點我可以確定。所以我認為原因應該在其他地方……父親對她的執著，是基於個人理由。」

「……個人的執著。」

雖然身為女兒的雪拉如此判斷，但這讓動機變得更加難解。要是有什麼線索就好了——就在奧利佛陷入沉思時，縱捲髮少女低聲問道：

「你知道克蘿伊·哈爾福德這個人嗎？」

對少年來說，這是自從他來到這裡（金伯利）後，最讓他不寒而慄的問題。

停頓的呼吸、增加的脈搏、紊亂的魔力，奧利佛不到一瞬間就讓這一切恢復常態，開口回答：

「……只聽過傳聞。她在金伯利的畢業生中也算是特別有名。」

「沒錯。雙杖克蘿伊——被譽為史上最強異端獵人的魔女。」

雪拉點頭回答，看起來並沒有起疑。奧利佛在心裡鬆了口氣——幸好雪拉從一開始就低著頭看自己的手。雖然不曉得她問這個問題的用意，但應該不是為了測試少年的反應。

「其實我小時候……曾經見過她一次。」

這件事讓奧利佛在心裡大吃一驚。奧利佛知道「她」在金伯利念書時，和西奧多．麥法蘭同年級，但沒想到她曾經和西奧多的女兒雪拉見過面。

「她似乎是父親的朋友。我記得她曾親切地陪我聊天……雖然無法好好形容，但她是個非常奇特的人。」

雪拉訴說古老的往事，然後突然改變話題的方向。

「關於奈奈緒現在騎的掃帚。雖然她將那把掃帚命名為天津風——但你應該也知道那原本是克蘿伊．哈爾福德愛用的掃帚吧……聽說在她去世後不久，那把掃帚就自己回到金伯利。」

奧利佛知道。他不可能不知道。假如她那天晚上有帶著掃帚，或許情況會不同——這樣的想法已經在他腦中出現過好幾次，但每次也都會同時產生一個疑問。在那麼危險的情況下，為什麼母親沒有帶著自己的掃帚？

「你應該也知道，關於克蘿伊．哈爾福德的死，有非常多危險的傳聞。」

「……這個嘛。」

「她是人權派的代表人物。我聽說她從未自稱人權派，但她的為人和行事作風，自然會讓周圍的人如此認為。再加上她又是異端獵人的英雄，所以必然……會招來數不清的同伴和敵人。」

雪拉說到這裡時，奧利佛稍微舉手打斷她。再繼續說下去會很不妙，因為他們的對話即將觸犯這間學校的禁忌。

「……考慮到地點，還是別再說下去比較好。」

「我知道你在擔心什麼，但有時候表現得偷偷摸摸反而會更不妙。如果我記得沒錯，在Ms.哈爾福德的死訊傳來後，父親整個人就變了。」

雪拉在稍微碰觸禁忌的狀況下繼續說道。奧利佛倒抽了一口氣。雪拉是刻意在公共場合提起這個話題，一部分的原因應該是為了牽制她的父親。

「他從以前就愛到處流浪，不過在那之後的頻率就異常增加，像是被什麼催促著一樣……流浪的範圍也不斷擴大。」

「……………」

「不過，從他今天上課時突然跑來，也能看出他最近都停留在聯盟內的國家，而且應該大多是為了學校的事出差。和以前相比，他外出流浪的次數明顯減少了……你明白這代表什麼意義吧。」

「……因為他找到奈奈緒了。」

奧利佛也明白雪拉想表達的意思，他警戒周圍是否有人偷聽，說出心裡的推測。

「西奧多老師對奈奈緒的執著和克蘿伊．哈爾福德的死有關。妳是這個意思吧？」

少年如此反問。雪拉以沉默代替肯定，喝了一口變冷的紅茶。

「……在目前的階段，一切都只是我的推測。不過沒有魔法師會小看直覺。姑且不論我的推測是否正確，我還是覺得必須先跟你說一聲。」

奧利佛默默點頭。既然這些話是出自雪拉之口，就不能當成是單純的瞎猜。

「……的確。畢竟奈奈緒不會試探別人，只能由我們替她小心了。」

「沒錯。而且對奈奈緒來說，父親是曾在戰場上救過她一命的恩人。雖然只是假設——但即使父親真的打算基於某個目的利用奈奈緒，她也會心甘情願地接受吧。奈奈緒就是這種人。」

雪拉的眼裡閃過一絲擔憂，但立刻以堅定的眼神看向奧利佛。

「所以必須由我們來保護她……我的父親不可能只因為被女兒逼問就坦白一切，但我畢竟是本家的長女，多少握有一點發言權。我以名譽擔保，絕對不會讓父親隨意擺布奈奈緒。」

即使必須和親生父親為敵也要保護朋友，雪拉用這段話展現了自己的決心。奧利佛心裡湧出一股暖意，自然地跟著微笑點頭。

「謝謝妳，雪拉……我也會仔細盯著奈奈緒，不會讓西奧多老師在我們不知道的地方干涉奈奈緒。之後也好好提醒她一下吧。」

「我才要向你道謝……這原本應該是我的家務事，我卻將你們捲了進來。我真的是太不中用了。」

縱捲髮少女對自己的無力感到羞恥，咬緊嘴唇垂下視線。奧利佛明白這是因為她擁有一顆高潔的內心，但還是輕輕搖頭說道：

「雪拉，妳這樣講就太狡猾了。」

「咦？」

「妳總會把劍花團成員遇到的問題當成自己的事情看待，結果自己一遇到問題，就想和大家保持距離。朋友之間應該是平等的，妳這麼做太不公平了。如果是其他同伴遇到困難，即使當事人拒絕，妳也會強硬介入吧。」

雪拉一聽見少年指出這點，臉就一下紅到了耳根。奧利佛慢了一拍才察覺自己的失誤——在這個時間點提起「強硬介入」，只會讓人想起之前去伽拉忒亞玩時，她在「鈴蘭亭」對自己做的事情。

「……我實在是無話可說……」

「等等，雪拉！妳不用想起『那件事』！我剛才並不是針對那個……！」

少女紅著臉縮起身子，奧利佛連忙試著安慰她。另一方面，在離他們有段距離的桌子，有兩個學生正漫不經心地看著他們。那兩人是雪拉的親戚史黛西·康沃利斯，以及史黛西的隨從費伊·威爾諾克。

「……那兩人之前一定發生了什麼事。」

「妳很在意嗎？」

「才沒有！」

史黛西激動地駁斥少年，用右手的叉子刺起洋梨塔，但她在吃洋梨塔的期間，還是不斷偷瞄和自己有血緣關係的姊姊。

「……真受不了。」

明明坦率一點會比較輕鬆。這已經不曉得是費伊第幾次這麼想，但他還是勉強將這個差點脫口而出的忠告吞了回去。

當天最後一堂課是天文學。這堂課和咒術一樣，是二年級新開的科目，奧利佛等人今天是第一次上課。

「打開教科書的第八頁。」

一名穿著古典風格的寬鬆長袍的年輕男子，在上課鐘聲響起的同時現身。他一進教室就立刻簡短下達指示，直接穿過講臺面向黑板，從腰間拔出白杖快速抄寫魔法筆記。一名學生慌張問道：

「請、請問……不用說明課程的概論和自我介紹嗎？」

面向黑板的男子一聽就停下動作，彷彿聽見了令人難以置信的言論。

「概論……介紹……原來如此，你們需要這些東西啊。這樣不行，在大圖書館窩久了，難免會變得與世間脫節。」

男子轉身嘆了口氣，用看起來深不可測的睿智眼神環視學生後嚴肅地開口：

「我叫迪米崔．亞里斯提德，是負責上這堂天文學的老師。有一件事情要特別注意——叫我時一定要喊我的姓氏或名字，如果只講『老師』，我會不知道是在叫我。」

一開始就被提醒這種莫名其妙的事情，讓學生們露出困惑的表情。奧利佛判斷男子對自我的認知不像其他人那麼嚴謹——腦中蘊藏龐大知識的魔法師偶爾會難以和其他人溝通，這名男子就是其中一個例子。

「另外關於天文學的概論，就和字面上的意思一樣，是將天空當成文章解讀的智慧。推測星辰的位置關係會對這個世界造成什麼影響，以及將來會發生什麼事情，是一門『極為確切實在又充滿實踐性的學問』。」

迪米崔以特別強烈的語氣做出結論後，又立刻接著說道：

「為什麼觀察星辰對我們如此重要？我想這應該不需要特別說明，但既然是概論還是提一下好了。這是因為在夜空中閃耀的星星全都是和這個世界不同，另外獨立存在的『異界』。」

迪米崔說到這裡就開始詠唱咒語，朝教室的天花板揮動白杖。周圍立刻變得一片漆黑，在驚訝的學生們頭上浮現出無數星辰。具備相關知識的人看出了熟悉的相對位置，那是仿照實際星空的天象儀。

「什麼是異界？就是其他按照和這個世界不同的物理法則運作的世界。那裡有和這個世界不同的環境與生態系，偶爾還會有由不同的智慧建立的文化。那些世界大多都由各自的『神』治理，就像人類歷史上的那些古代國王一樣。」

頭上那些密密麻麻的星星各自閃爍著不同顏色的光芒，看起來既美麗又妖豔，散發出讓人難以抗拒的魅力。學生們嚥了一下口水，「這是正常的反應」。

「另一方面，我們居住的世界沒有『神』。以天文學的用語來說，就是所謂的『無神界』。在無神界，制訂法則讓世界運作的權限是分散的，所以我們才會以魔法師的形式存在。簡單來講——儘管只占一部分，但我們使用的魔法原本是屬於『神』的權能。換句話說，就是曾經存在於這個世界的『神』遺留的產物。我們的祖先親手弒『神』並推翻其統治，奪取了原本屬於祂的權能。這是發生在距離現在的文明超過五萬年以前的事情。那是神明時代的終結，同時也是我們現在生活的魔法世界的開端。」

講解完遠古時代的開始與終結後，迪米崔暫時停止說明。在持續散發妖豔光輝的星空下，一名學生舉手發問：

「亞里斯提德老師，我可以發問嗎？」

「可以，直接說吧，卡蒂・奧托。」

獲得許可的捲髮少女在黑暗中起身，花了幾秒思考該如何表達。

「……我聽說反叛『神』這件事，集結了當時存在於這個世界的所有亞人種的力量。而統率他們的是一個在現代已經滅絕，被稱作『亞人種之祖』的種族。」

「沒錯，那是現在的通說。所以呢？」

「為什麼我們無法繼續維持像以前那樣的關係呢？」

卡蒂直截了當地提出疑問，教師也毫不猶豫地回答：

「卡蒂．奧托，妳的問題問反了。妳該問的不是為何無法繼續維持以往的關係，而是為何當時的人們能夠團結一致。答案是因為有『神』這個共同的敵人。面對一個極大的威脅，其他對立都只是些小事。過去的並肩作戰只是基於這個狀況採取的生存策略，因此在打倒威脅後，各個種族就立刻開始互相爭鬥。這是非常單純的事情。」

這個過於簡單的回答，讓卡蒂瞬間無言以對。迪米崔認為互相爭鬥才是自然狀態。無法提出反論的少女懊悔地咬緊牙關……這等於是在說她持續追求的不同種族間的共存與調和，也只是在這個過程中產生的生存策略的一環。

「也有人將這一切歸因為妳提出的『亞人種之祖』擁有優秀的領導能力。他們似乎很擅長替不同的生物搭起橋梁，而且和人類、精靈、矮人與半人馬一樣擁有很高的智力。你們之後也會學到，這五個種族在『神』統治的世界被稱為『祭司種族』。換句話說就是『神』的近侍。再繼續說下去會跳脫天文學的範圍。卡蒂．奧托，看來妳魔法史念得不錯。」

「……是的，謝謝誇獎。」

即使心裡殘留著苦澀的情緒，卡蒂還是道謝並重新坐下。隨著迪米崔再次揮動白杖，星星的狀況逐漸改變。不僅位置關係產生複雜的變化，同時也能看出有些陰暗的小星星逐漸變得明亮，一些明亮的大星星反而逐漸變小變暗。

「夜空中的星星全都代表不同的異界，而且每個異界和這個世界的位置關係都不同。通常星星愈亮表示『距離』愈近，但這並非物理上的距離，而是跨越世界移動時的綜合難度。所有異界都以一定的週期靠近或遠離這個世界。雖然應該沒有人不知道，但保險起見還是補充一下，太陽和月亮並非異界。這兩者是創世時『神』親手放到空中的存在，換句話說就是這個世界的一部分，與現在講的話題沒有直接關連。」

迪米崔揮動白杖消除在虛擬夜空中顯得特別強烈的月光。因為原本就沒有太陽，所以剩下的星星全都是異界。

「問題是其他星星。那些由不同的生命和『神』統治的無數異界。尤其是其中八個會以一定週期和這個世界產生直接連繫的星星。這些才是要提防的對象。亦即——芳香水畔、沉思金山群、侵蝕火焰爐、驕傲翠綠庭、獸之大地、紀律天下、腐海之底，以及冥王的孤獨等八個世界。」

迪米崔列舉出幾個聽起來十分獨特的名字後，繼續說明：

「第一個威脅，就是偶爾會從那些異界來到這裡，被稱作『外來者』的異界生物。這些從完全不同的系統樹入侵這裡的生物，會對這個世界的生態系帶來龐大的影響。這個世界偶爾也會發生外來種汙染生態系的狀況，你們可以想成是那個的加強版。而魔法生態系原本就是受到『那些影響』才發展成現在的模樣。在你們所知的魔法生物當中，也有許多生物的祖先就是來自異界。那些生物在之後的生態系中扮演重要的角色，所以也不能一概而論地將『外來者』都視為邪惡的存在。甚至還有人看上了這個可能性，專門研究這個領域。」

坐在奧利佛斜前方的卡蒂表情凝重地聆聽……雖然從蛞蝓到巨獸種，所有生物都是她疼愛的對象，但她當然也沒接觸過「外來者」。光是面對這個世界的魔法生態系就已經夠困難了，到底要如何面對來自這個體系「之外」的生命。她還無法決定自己該採取什麼態度。

「視情況而定，單純的『外來者』也可能釀成大災害，但只要謹慎觀察看穿他們的性質，再用適當的方式應付，就能盡可能減少危害。從不同世界來到『這裡』時，會無法發揮原本的力量，所以不太可能發生世界被突然跑來的怪物毀滅的狀況。問題是在『外來者』當中，有一部分的存在是抱持著特定目的來到『這裡』。我們把那些異界諸神的斥候稱作『使徒』。對付這些傢伙時絕對不能出錯。」

迪米崔的語氣變得更加嚴肅，學生們也自然地察覺接下來的話才是正題。

「使徒們來這個世界的目的就是『傳教』。向這裡的居民宣傳自己世界的神，傳達被祂統治的魅力，藉此募集信仰。具體的作法要看使徒的個性和他們侍奉的神明性質，但傳教的對象通常會是具備高智能的種族。因為高智能的生物常會對自己周圍的環境心生不滿，他們會瞄準這點，引導對方信仰自己的神明。『信仰異界之神的種族』就這樣誕生了。當然不用說也知道，這個世界最常被盯上的就是人類，以及許多亞人種。」

星星在學生們的頭上繞行並激烈地閃爍。每一顆星星看起來都像擁有意志，不斷訴說著「我好想去你們那裡」。

「被異形的教義籠絡，成為異界之神走狗的人，被我們統稱為異端。」

一陣沉默降臨。等回過神時，星星已經停止喧囂，虛擬的夜空恢復平靜。天文學教師繼續在黑暗中靜靜地對學生們說道：

「不管信奉哪個神，異端們的最終目的只有一個。那就是將自己信仰的異界之神召喚來這裡。將原本的秩序和法律破壞殆盡，用異界之神制訂的異形規則重塑這個世界。無論之後結果如何，對我們來說都是明確的毀滅。所以必須阻止，不能有任何的妥協或讓步，所有的異端都必須被驅逐。如果允許他們亂來，世界就會毀滅。而事情差點演變成那樣的案例，已經用雙手也數不完了。」

迪米崔表示魔法師的歷史，其實就是與異端戰鬥的歷史。從遙遠的過去到現在這個瞬間，這個事實一刻都沒有改變過。

「如各位所知，直接負責殲滅任務的都是異端獵人的精銳。多虧了他們這些純粹的武鬥派魔法師的努力，這個世界才能被守護至今。我自己也有一些上前線的經驗，在那裡看見了數不清的地獄。每跨越一場戰鬥，都會有許多同伴喪命。你們當中某些人未來應該也會目擊那樣的場景。」

學生們知道，那並非很久以後的事情。對他們來說，成為異端獵人確實是畢業後的其中一個出路。

「不只是他們，與異端戰鬥是這個世界所有居民的義務。為了贏得戰爭，必須先了解敵人。所以你們才要上天文學。哪個異界會在哪個時期靠近，到時候可能會遭遇何種威脅──在目前這個階段，你們對抗異端最有效的手段就是累積相關知識。這堂課的概論到此為止，還有其他問題嗎？」

迪米崔在做出結論的同時揮動白杖。下午的陽光重回教室，學生們頭上的星光也消失無蹤。不過——學生們腦中都已經留下深刻的印象，明白天空無時無刻都在俯瞰著自己。

「……亞里斯提德老師，我想請問一個問題。」

眼鏡少年稍微思索了一會兒後，舉手發問。迪米崔看向他說道：

「說吧，皮特·雷斯頓。」

「是的——我很納悶那些召喚異界之神的人，為什麼會產生這樣的想法？」

這是他聽完剛才那些話後最直率的疑問。然後——天文學教師這次果然也是毫不猶豫地回答：

「因為他們的內心太軟弱……無法正確地接受這個世界的正確性。」

「……這個老師給人的感覺和其他老師都不太一樣呢。」

在下課後的走廊上，凱向朋友們說出這樣的感想。其他五人也是相同的印象。雪拉點頭回答：

「是個能讓人強烈意識到魔法師背負著何種責任的老師呢。不愧是有接觸過異端獵人工作的人。」

「就像那位老師一樣，現在的金伯利教員有許多都是從異端獵人的『前線』回來的人……這件事無疑也對這間學校的校風產生了影響。」

奧利佛補充道……金伯利的校風過於強烈，所以有時會被揶揄為「異端獵人預備校」。儘管有程度差異，但只要在這間學校生活，就會被迫成長為「能戰鬥的魔法師」。

奧利佛等人邊走邊聊，在經過兩條走廊的交會處時，帶頭的雪拉突然停下腳步。

「……對了，卡蒂在晚餐前要去找密里根學姊，我也打算跟她一起去針對獅鷲的事情道謝。有人要一起去嗎？」

「……啊，那我也要去。」

「咦？凱也要來嗎？你不用去迷宮美食社嗎？」

「一天不去沒關係……而且妳吃飯前還會再去找那隻獅鷲吧？」

「是這樣沒錯……你該不會是在擔心我？」

「說什麼該不會，妳不讓人擔心的時候還比較少吧。」

凱傻眼地吐槽，卡蒂也苦笑著道歉。奧利佛微笑地看著這幅場景時，一旁的奈奈緒突然抓住他的手臂。

「那麼，在下要和奧利佛去競技場。」

「嗯……我也要去嗎？」

「當然。掃帚的騎手和防護員是一心同體。」

奈奈緒加重了抓袖子的力道，奧利佛只能死心任她擺布。卡蒂三人要朝左邊走，奧利佛和奈奈緒則是直接往前走，奧利佛看向最後留下來的皮特。眼鏡少年聳聳肩膀，直接往右轉。

「我今天也有事。我會自己一個人吃晚餐，不用在意我。」

「嗯，我知道了。皮特，晚上房間見。」

一行人互相道別後，就各自前往自己的目的地——但奧利佛與奈奈緒一起走了約三分鐘後，突然停下腳步。

「……等等，皮特剛才是要去哪裡？」

東方少女困惑地回答他的問題：

「不是跟平常一樣去圖書館嗎？」

「方向不對。從剛才那裡去圖書館，跟我們一起走這條路會比較近。姑且不論凱和卡蒂，常去圖書館的皮特不可能不知道路。」

奧利佛托著下巴沉思……雖然或許只是他杞人憂天，皮特除了去圖書館以外還有許多事能做，但「一個人吃晚餐」這句話讓他十分介意。這表示皮特接下來要做的事情很花時間，連晚餐都沒空好好吃。

「……我總覺得不放心。不好意思，奈奈緒！」

「嗯！」

奈奈緒沒聽奧利佛說明就直接答應，兩人同時轉身奔跑。回到剛才分別的地方後，兩人往右轉沿著皮特走過的路前進。奧利佛一從腰間抽出白杖，白杖的前端就發出淡淡的光芒。和以前追蹤被密里根綁架的卡蒂時一樣，這是對皮特制服上的香水產生的反應。

「……是這裡！」

奧利佛跟著反應衝進教室——不出所料，熟悉的眼鏡少年驚訝地站在那裡，而且他旁邊還有一位老人。

「——哎呀？真是出乎意料的訪客呢。」

「你——你們怎麼會來這裡？」

「……恩里科老師……」

奧利佛說出老人的名字。那是之前在課堂上讓學生們恐懼不已的魔道工學教師，恩里科・佛傑里。他和皮特前面掛著一幅湖泊的畫，一看就知道是進入迷宮的入口。他們似乎正準備進去。

「我之前在課堂上說過要帶Ｍｒ.雷斯頓到我的研究室參觀，現在正準備出發呢。你們兩個找他有什麼急事嗎？」

恩里科聳肩問道。奧利佛猶豫了幾秒，思考該如何應付這個老人。短暫沉思後，他決定堂堂正正地應對。奧利佛挺直背脊，再次開口：

「……我知道這有點強人所難，但請問能否讓我們也一起同行呢。」

「咦——？等等，你到底在說什麼。」

「拜託了！」

眼鏡少年做出驚訝的反應，但奧利佛直接打斷他繼續懇求——不能讓這個瘋狂老人和皮特獨處。如果是在校舍也就算了，偏偏是在恩里科自己的工房。雖然他不會直接危害皮特，不過奧利佛確信那裡一定有「光看見就會造成嚴重傷害」的東西。

「嗯……嗯…………嗯？」

恩里科左右晃動腦袋，深感好奇地盯著奧利佛看。眼鏡後面的視線讓少年恐懼不已。那道天真無邪的視線，比以前戰鬥過的任何魔獸都要可怕。奧利佛感覺自己就像一個被粗暴的孩子盯上的脆弱玩具。

「我只有邀請Mr.雷斯頓一個人——但你們兩個在之前的課堂上對付液體金屬魔像時，也表現得很出色——好，看在你們之前的表現，就給你們一個好機會吧。」

恩里科笑著轉身，將站在一旁的皮特抱在腋下。等少年發出困惑的聲音時，他的身體已經有一半進入畫中。

「你們可以一起來，前提是要『跟得上』我的腳步——嘎哈哈哈哈！」

在恩里科大笑的同時，他的背影已經消失在畫中。奧利佛立刻拔出杖劍。

「——奈奈緒，要追嘍！」

「明白！」

東方少女也毫不猶豫地回應。兩人就這樣追著老人踏入迷宮。

第二章

Dea Ex Machina
機械神

在金伯利這所瘋狂的學校，自然也有幾項符合環境的瘋狂競技。

「迷宮越野跑」就是其中一項。如同字面上的意思，這是一項比賽「誰能最快潛入迷宮再回來」的競技。一些已經習慣探索的高年級生非常熱衷於這項競技，甚至還有正式的排行榜記錄時間。對迷宮構造的了解，持續維持速度的體力，中途遭遇陷阱和魔獸時的應變能力——這些全都要有一流的水準，是一項必須賭上性命的綜合競技。

「嘎哈哈哈哈！」

「唔……！」「嗯——！」

奧利佛和奈奈緒在追逐老人時面對的考驗，性質上也和這項競技類似。在迷宮裡必須保持謹慎，偶爾光是前進一步就要非常小心，然而他們現在卻必須像在整頓好的道路上奔跑般快速移動，還要盡可能預測將面臨的障礙，臨機應變地處理。當然，這是只要稍微失誤就可能會失去手腳的危險行為。

「**鋪設覆蓋！**」

奧利佛即時施展咒語替前方的路鋪上磁磚，妨礙陷阱發動，兩人踏過磁磚繼續衝刺。這一年累積的經驗，讓他們勉強能夠應付這種狀況。然而，即使像這樣將損失的時間壓到最低，他們還是完全無法追上跑在前面的恩里科，更何況他還單手抱著皮特。

「哇哇哇哇哇……！」「嘎哈哈哈！還不只如此喔，**強推**！」

如果能靠事先預測封住陷阱，那當然也能反過來利用。老人的咒語讓大範圍的地面一齊長出無數刺針。奧利佛皺起眉頭，這段距離用跳的太遠，但他和奈奈緒現在都沒帶掃帚——

「沒問題吧，奈奈緒！」「當然！」

兩人簡短交談，維持原本的速度踏上左右的牆壁。他們以接近和地面垂直的角度在牆上奔跑。恩里科看見後面的狀況後，發出讚嘆。

「喔，居然能熟練地運用壁面踏步！以二年級來說算是相當優秀！不過還沒完喔！接下來換這招，嘎哈哈哈哈！」

老人朝天花板詠唱咒語。他一經過那裡，上面就降下一條巨大的通道。一顆幾乎要占滿通道的球體滾向奧利佛和奈奈緒。那是之前在課堂上發威過的球狀魔像。

「奈奈緒，一起對地板施法！」

奧利佛毫不猶豫地喊道。雖然左右都無路可逃，但他已經知道該如何應付，那就是將前面的地面變泥濘。只要集結兩人的魔力，這並非難事。

然而，對方並沒有遵從指示。少年正感疑惑，東方少女卻先一步衝向球狀魔像。

「奈奈緒？」

「奧利佛，蹲下！」

奧利佛按照指示蹲下，少女在他面前用雙手擋下逼近的球狀魔像，同時壓低身子滑到魔像下方，用槓桿原理將魔像拋向後方。巨大的質量從奧利佛頭上經過——前面的恩里科腋下的皮特見狀，整個人都驚呆了。

「居……居然直接拋摔出去了……？」

「嘎哈哈哈哈！你的朋友真厲害！我第一次看見有人用這種方式突破這個陷阱！」

恩里科的笑聲在走道中迴響。在驚訝的奧利佛旁邊，奈奈緒活動了一下肩膀，繼續衝刺。

「——響谷流柔法『俵投』。想打倒在下，這重量有點不夠——啊，好痛！」

「不要這麼亂來！應該還有其他更安全的作法吧！」

奧利佛回過神後拍了一下少女的頭。即使被人責備，奈奈緒依然露出無畏的笑容。

「沒錯……不過！在下現在覺得全身充滿力量——！」

在兩人的前方，恩里科對地板和牆壁施展咒語，原本的構造逐漸變形成一隻堵住去路的魔像。面對這個新的障礙，東方少女不僅沒有停下腳步，反而還持續加速。她甚至沒有拔刀，直接用右側肩膀衝撞魔像——然後直接突破尚未變形完畢的魔像繼續前進。跟在後面的奧利佛驚訝得說不出話，前方傳來恩里科的聲音：

「居然用衝刺撞破了魔像？嘎哈哈哈哈，怎麼會有這種人！明明還這麼年輕，妳的魔力循環到底有多強啊！」

「……唔……！」

奧利佛驚恐地握緊拳頭——老人說的沒錯，只有魔力循環十分強大的奈奈緒能夠使出這種強硬手段。這和抛摔球狀魔像一樣亂來，實際上也沒有必要特地採用這種手段。他能夠想出許多風險更低的聰明作法，想必奈奈緒本人也很清楚。

然而，她還是採取了這種莽撞的作法。至於這麼做的原因，從她剛才說的話和閃閃發亮的眼神就能清楚明白——「她的魔力多到用不完」。在金伯利待了一年後，奈奈緒的魔力究竟成長了多少，她自己比誰都想搞清楚這點，想嘗試自己能做到什麼地步。

「好，我要一口氣提高難度了！你們兩個，可別不小心死掉喔——！」

恩里科舉起白杖詠唱咒語。過不久，一陣從底下傳來的強烈震動將奧利佛和奈奈緒的身體從腳底往上推。地板、牆壁、天花板——構成這一切的石材一起整齊地動了起來，變形重組，道路本身開始變化並持續擴張。

「唔，走廊在翻動……？」

奈奈緒驚訝地睜大眼睛，這種感覺就像身處巨蛇體內。奧利佛也跟她一樣改變站立的位置，避免被捲入變化，他已經看穿這是什麼現象，用力咬緊牙關說道：

「……這條走道變成洞窟魔像了……！」

過了一分多鐘，走道已經「變形」完畢。他們眼前的景象——成了一條直徑超過二十碼的寬廣筒狀通道，不對，那已經可以說是隧道了。

已經看不出來哪裡是地板或天花板的牆面到處都在蠢蠢欲動，彷彿草木在春天的土壤中萌芽般，奧利佛和奈奈緒眼前的所有地形，都逐漸變成無數的魔像和陷阱。

「……啊——」

另一方面，在許多學生都準備去「友誼廳」吃晚餐時，有四個一年級新生還留在談話室內。其中一人——泰蕾莎．卡斯騰像是剛睡醒般突然回過神，一旁的莉塔．阿普爾頓戰戰兢兢地向她搭話：

「泰、泰蕾莎，妳還好嗎？」

「……我沒事。只是因為太無聊，稍微有點恍神。」

泰蕾莎揉著眼睛說道。室內的桌上放了一個裝著泥巴的水槽，一個單手拿著白杖面對水槽的少年，一聽見這句話就立刻轉身，他是丁恩．崔佛斯。

「……啊？妳的意思是和我們在一起很無聊嗎？」

「丁、丁恩，你冷靜一點。她一定不是這個意思。」

「不，就是這個意思。即使講得委婉一點也是非常無聊，我們到底聚在這裡做什麼。」

丁恩的兒時玩伴彼得．寇尼許試著打圓場，但泰蕾莎無視他的努力，若無其事地如此說道。彼得拚命安撫火大的丁恩，對少女露出懦弱的笑容。

「泰蕾莎，別這麼說嘛……因為我和丁恩的咒語學不太好，所以在我們有所進展前，稍微陪我們一下啦。」

「我不是已經教過你們了。不過是初步的硬化魔法，到底有什麼難的。眼前有軟爛的泥巴，用魔法把它變硬，就是這麼單純吧。」

「唔唔……！」

泰蕾莎的指責讓丁恩氣得往後仰，但因為他無法完成這項課題，所以根本無言以對。看不下去的莉塔拍了一下手，試圖改變氣氛。

「大家先冷靜一下。先來釐清你們兩個遇到的困難吧。丁恩，你可以想像到什麼程度？」

「什麼程度……就是一口氣把軟軟的東西變硬……」

「根本聽不懂你在說什麼。描述時就不能再多用點腦袋嗎？」

「妳說誰頭腦不好！」

「丁、丁恩做事比較靠感覺……！」

泰蕾莎不自覺地挑釁，丁恩也反射性地回擊，讓話題毫無進展。就在莉塔和彼得為此困擾時，背後傳來了爽朗的聲音。

「喔～真是熱鬧。你們在做什麼啊？」

四人一轉頭，就發現兩名之前在入學典禮的派對上認識的二年級生。彼得連忙向對方打招呼。

「格林伍德學長……還有奧托學姊。你、你們好！」

「呵呵，你好啊。因為剛好看見你們，就過來關心一下。是在練習咒語嗎？」

卡蒂溫柔地問完後，交互看向拿著魔杖的丁恩和裝著泥巴的水槽。少年立刻移開視線，不想被人發現自己笨拙的一面。

「我、我們沒在特別做什麼……」

「丁恩，根本就不是那樣吧……那個，其實我們硬化魔法用得不太順利。」

覺得不可能蒙混得過去的彼得坦白說出一切。聽完他的說明後，凱將手扠在腰上點了點頭。

「嗯嗯，原來如此——喂，丁恩。」

「是、是的。」

「不用那麼緊張，放心啦。我也不是什麼資優生。」

凱笑著拍了一下學弟的肩膀，他很擅長自然地與人拉近距離。高個子少年用有些強硬的方式消除對方的緊張後，繼續說道：

「聽完剛才的說明後，我有些想法——你是不是把這個和凍結魔法混淆在一起了。」

「——咦？」

「我是指想像的方向。你是不是想成了要把泥巴凍結起來。我一開始也曾因為這樣失敗過。」

丁恩一聽就瞬間僵住。他瞄向裝著泥巴的水槽，小聲問道：

「……不是這樣嗎……？」

「嗯，不是喔。泥巴凍結後還是泥巴吧？硬化魔法是要把泥巴變成石頭。真要說起來，更像是把水分抽乾。你試著這樣想像，再試一次看看吧。」

凱拍著丁恩的背說道。丁恩將這個建議牢記在心，再次站到水槽面前。他在腦中想像了十幾秒後，才下定決心揮動魔杖唸出咒語。接著水槽中的泥巴隆起，周圍也多出了幾灘水。凱笑著開口：

「喔～做得不錯呢。比剛才好多了。你還滿有天分的嘛。」

「還、還差得遠呢。」

「不，這已經算成功了吧。你按照我的建議，把水抽出來了。」

凱指著水槽又強調了一次。捲髮少女對困惑的丁恩補充道：

「溼泥巴已經變成了乾泥巴，接下來要思考如何讓乾泥巴變得更接近石頭，亦即將想像分割成數個步驟。我們練習新學的魔法時，也常用這招呢。」

「『只要好好按部就班，教科書上沒有學不會的咒語』——這是我朋友說過的話。因為他教了我很多事，我才能夠勉強跟上課業。」

兩人自豪地說道。由此便能看出他們對那個「朋友」有多麼信任。丁恩陷入沉思，凱用力抱住他的肩膀。

「唉，你就當作被騙，陪我們練個十五分鐘吧。當然是和彼得一起。如果有人的咒語效果還不穩定，也可以一起來練習。這也是我從朋友那裡學來的。據說魔法最重要的是使用者的『確信』。如果想像得不夠確實，之後可是會嚐到苦頭喔。」

凱說完後，看向莉塔和泰蕾莎。稍微沉默了一會兒後，莉塔輕輕舉起手。

「……那我也要一起練習……」

「咦，莉塔也要嗎？妳上課時明明都用得很好……」

「才、才沒有這種事！那樣根本就不算熟練！技巧差到我都想哭了！」

「唔呃！」

莉塔對自己做出嚴厲的評價，表現比她還差的丁恩一聽就痛苦地按住胸口。凱開始笑著指導學弟妹。捲髮少女站到剩下那個學妹旁邊，隔著一段距離觀看他們練習。

「看來接下來交給凱就行了──Ms.卡斯騰，妳不用練習嗎？」

「……我還不至於在這個階段就遭遇瓶頸。」

「喔，妳真是能幹呢！了不起！」

即使泰蕾莎回答得十分冷淡，卡蒂還是對她露出溫柔的笑容。不曉得該如何應付這種和善態度的泰蕾莎，說出突然浮現在心中的疑問。

「……為什麼會知道？」

「嗯？」

「……為什麼會知道受挫的人是在哪個環節失敗。我即使聽了他們的說明，還是無法明白。」

少女坦率地說道。沒錯──她剛才對丁恩說的話並非挑釁，而是真的不曉得該說什麼。學妹的問題，讓卡蒂露出凝重的表情認真思索。

「雖然有很多原因──但最重要的還是好好聽對方說話吧。正視對方，推測對方的立場和心情。」

「……即使是自己沒興趣的對象也一樣嗎？」

「妳對他們沒興趣嗎？」

卡蒂驚訝地反問。泰蕾莎乾脆地點頭回答。即使因為對方的坦白露出苦笑，捲髮少女還是溫柔地提出建議：

「我覺得不需要這麼快下定論。你們認識的時間不長……妳也還不太了解他們吧？」

「…………」

「和不同的人在一起並逐漸了解彼此，是一件很開心的事情喔。」

卡蒂笑著說道。儘管泰蕾莎很難相信這個說法，但也不覺得卡蒂是在說謊或敷衍。她困惑地移開視線，並自然地看見丁恩等人練習咒語的樣子。就在丁恩按照凱的建議，詠唱了不曉得第幾次咒語時——一旁的莉塔和彼得發出歡呼。

「——啊，成功了！」「好厲害，丁恩成功了！」

「好耶——————！」

少年握緊拳頭大吼，然後立刻雙手抓起水槽走向泰蕾莎。丁恩向她展示中間立著一根小石柱的水槽。

「怎麼樣，泰蕾莎！我也成功了！」

「……嗯。恭喜你。」

「這都要感謝格林伍德學長教我訣竅！我下次絕對不會輸給妳！」

「這樣啊。」

泰蕾莎漫不經心地回應，她完全不懂為何少年要對自己說這些話。這冷淡的反應讓少年煩躁地想要進一步挑釁，但彼得和莉塔抓住他的手，將他拉回去安撫。卡蒂看著他們的互動，笑著在泰蕾莎耳邊說道：

「……對方意外地對妳很有興趣喔。」

「……我只覺得他很吵很煩又可憐。」

泰蕾莎嘆著氣說道。這無疑是她的真心話，但她同時也這麼想——雖然不曉得自己為什麼會被纏上，但自己或許對「那個人」有興趣。

如同一開始的預測，奧利佛和奈奈緒追逐恩里科．佛傑里的行動演變成了長期戰。

「……呼……呼……呼……！」

「——呼……！」

兩人不斷面對各種新型魔像，簡直就像是在參加小型魔像的展覽會，有的以蜘蛛般的速度在地上爬行，有的用強韌的雙腳像蚱蜢一樣跳過來，甚至還有高速拍動六隻翅膀飛行的類型。魔像接連不斷來襲，兩人也將其一一擊退，即使他們已經追老人追了超過二十分鐘，這場戰鬥至今仍未出現結束的跡象。

「哎呀，連喘口氣的時間都沒有！」

「奈奈緒，妳還跑得動嗎？」

「當然！畢竟手腳都還在！」

少女充滿活力地奔跑，同時如此保證。雖然這個回答聽起來非常可靠，但奧利佛還是無法忽視兩人至今的消耗——他們的體力、魔力和集中力都在不斷流失，而其中任何一項耗盡都會導致喪命，這種魯莽的行為究竟能持續到什麼時候？

奧利佛在腦中計算剩餘的時間。此時，眼前的洞窟魔像的牆壁突然朝內側破裂。

「——唔？」

猛烈的火焰夾帶著石材碎片來襲，奧利佛和奈奈緒在被燒到之前停下腳步。火焰在幾秒鐘後平息，一道人影踩著已經變成黑炭的牆壁碎片現身。那個熟悉的修長身材和嚴峻的表情，讓奧利佛驚訝地睜大眼睛。

「——嗯？是你們啊。我就覺得牆壁對面莫名地吵鬧。」

來人是金伯利六年級生兼學生主席，外號「煉獄」的艾爾文．戈弗雷。他一認出學弟妹們，就立刻用銳利的視線觀察周圍。

「這是恩里科老師的洞窟魔像吧。現在是什麼狀況？」

「他帶走了皮特，我們正在追他！現在沒時間詳細說明……！」

「知道這些就夠了。追逐老師啊——我以前也常這麼做呢。」

戈弗雷沒有要求詳細說明，就直接看向洞窟前方。恩里科的背影持續遠離，他經過的牆壁不斷出現新的魔像展開包圍。即使擔心可能無法突破，奧利佛還是舉起杖劍。

「不過對二年級生做到這種程度還是有點太過分了。我來幫忙吧。」

男子擋在魔像與學弟妹之間，將自己的杖劍對準前方。魔像們一齊對此產生反應——

「——**燒除淨化**。」

但全都被他放出的火焰燒成焦炭。

火焰如洪水般填滿洞窟，燒毀魔像和陷阱，就連人在遠處的恩里科和皮特都受到影響。即使只是餘波，他們的臉還是遭到強烈的熱風襲擊，讓皮特忍不住發出慘叫。

「唔哇啊啊啊啊啊？」

「嘎哈哈哈哈！這個火力是Mr.戈弗雷吧！突然來了個大人物呢！」

即使被火焰追著跑，老人反而更加興奮地大笑。戈弗雷遠遠看著他的背影，毅然地對跟在後面的學弟妹們說道：

「我幫你們燒出一條路——跑起來吧！」

戈弗雷說完隨即衝了出去，兩名學弟妹也立刻追上。奧利佛一臉苦澀地朝學生主席高大的背影開口：

「……不好意思，學長。才剛婉拒加入學生會就給你添麻煩……！」

「哈哈，客氣什麼啊！我可是學生主席，當然要讓學弟妹們依靠！」

戈弗雷一笑置之。他總是理所當然似的保護學弟妹，奧利佛已經不曉得自己被這樣的態度感動了幾次，但少年同時也這麼想——為什麼這個人能夠一直在這個瘋狂的學校保持正常？

戈弗雷當然不曉得背後的少年在想什麼，他的注意力都放在眼前的魔像身上。三具體型和魔犬差不多的小型多腳魔像，一具大如巨魔且雙手又長又粗的大型魔像。因為距離和角度的問題，這次無法像剛才那樣直接一網打盡，所以奧利佛做好應付三具小型魔像的準備。然而出乎他的意料，男子主動衝進了魔像組成的包圍網。

「但要注意一件事——別模仿我的戰鬥方式！」

戈弗雷話音剛落，就毫不猶豫地踢飛了眼前的小型魔像。戈弗雷的腳像踢枯樹枝般粉碎魔像的其中一隻腳，深深陷入它的身體，而那具魔像飛出去後又波及了另一具小型魔像，最後兩具魔像一起撞上牆壁。奧利佛愣愣地「啊」了一聲。即使是小型魔像，重量也有一百五十磅，結果卻像小石子般被踢飛。

戈弗雷立刻轉身又踢碎了一具小型魔像。巨魔般的大型魔像在這段期間將長長的雙手貼在地面，像是用四隻腳奔跑般展開突擊。為了減輕龐大身軀本身的重量帶來的影響，大型魔像移動時原則上都會「多增加腳」。能夠輕易碾壓人類的巨大質量襲向男子——

「喝啊啊啊啊啊啊啊！」

戈弗雷鑽進魔像的前腳之間，朝門戶大開的身體使出了一記腳跟踢。巨大的身軀伴隨著鐵被破壞的聲音飛向空中。大型魔像的優勢在於巨大的身軀和重量，沒有考慮過被踢飛到空中的狀況，所以根本無力反擊。

「**風槌擊打！**」

在巨大的身軀落地之前，戈弗雷用咒語給它最後一擊。魔像原本就已經被踢出裂痕，在遭到如海嘯般的狂風攻擊後終於被粉碎。奧利佛板著臉，看著大量碎片從空中落下——這要人怎麼模仿？

「別停下腳步！繼續追！」

立刻繼續衝刺的戈弗雷大喊，因此回過神的奧利佛也和奈奈緒一起往前跑。然而他們前方立刻又出現新的變化。恩里科經過的通道生出了好幾面厚重的金屬隔牆，開始封閉他們的去路。

「嘎哈哈哈哈哈！這是由斷熱鋼構成的三重防火牆！Mr.戈弗雷，就算是你也會覺得有點棘手吧！」

從逐漸封閉道路的金屬牆對面傳來老人的聲音。這讓奧利佛焦急不已，他判斷就算全力衝刺也來不及穿越那些牆，但如果花時間破壞那三面牆，又會追不上皮特。

「很不巧——恩里科老師，『你需要五面牆』。」

但跑在少年前面的魔法師一點都不這麼想。戈弗雷若無其事地舉起杖劍，彷彿眼前的金屬牆只是一戳就破的薄木板。

「**凝聚火焰，熔解貫穿！**」

凝聚成長槍的火焰，一口氣貫穿了三面牆壁。

金屬被燒紅熔解，蓋住洞窟的三重防火牆底下多了一個能讓數人通過的紅色大洞。奧利佛在跑向那裡的期間，依然驚訝得合不攏嘴。那些牆壁明顯經過防火加工，但這個男人——名叫艾爾文．

戈弗雷的魔法師依然只用「一道二節咒語」就貫穿了「三面牆」。

「洞窟魔像到這裡就結束了，剩下的你們應該可以自己解決——祝你們好運。」

穿過防火牆又跑了一段路後，戈弗雷確認洞窟已經恢復成四方形的通道，於是立刻轉身離開。奧利佛向那道背影行了一個注目禮，並在最後補上一句話：

「……這份人情，日後必定歸還。」

學生主席舉起一隻手回應後，就再次返回洞窟。等他的身影消失在防火牆的深處後，那裡又傳來強烈的震動和破壞聲，大概是又用同樣的方式破壞牆壁離開了吧。兩人也跟著轉身繼續前進時，奈奈緒突然向奧利佛搭話：

「……奧利佛，他的戰鬥方式。」

「……境界完全不同。以我們現在的實力，甚至無法放在一起比較。」

少年以顫抖的聲音回答——這不是他第一次面對實力遠勝自己的強者，但戈弗雷和薩爾瓦多利與利弗莫爾這些「異常性」較明顯的強者是不同的類型。戈弗雷用的魔法和技術全都沒有超出奧利佛的理解，只是強得不得了。過於單純又絕對，所以反而找不到破綻。

「如果這樣還跟丟老師，那就沒臉面對他了——加快腳步吧！」

「喔！」

奧利佛催促奈奈緒加快腳步，努力甩掉對剛才那場戰鬥的印象——幸好那個人是同伴。至少現在還是。

繼續沿著通道前進一段時間後，周圍的氣氛突然開始改變。從古老褪色的石牆變成帶有奇妙彈性又看不見接縫的牆壁和地板。雖然勉強能看出是魔法合金，但連奧利佛也不曉得這些材料帶有何種性質。如果只看這個領域，或許皮特的知識已經超越他了。

「……這個聲音是……？」

兩人感覺從走廊深處傳來了奇妙的聲音，或者應該說是震動。那是低沉又強勁，彷彿有人以一定的頻率敲打大鼓的聲音。由於完全無法判斷聲音的來源，奧利佛又進一步加強警戒。

「——已經跟來啦。雖然有Mr.戈弗雷幫忙，但還是表現得很好。」

穿過那條異質的走道後，從一個開闊空間的中央傳來一陣掌聲，恩里科就站在那裡，皮特則是趴在他的身邊。礦石燈的光太暗，無法看清周圍的樣子。奧利佛壓抑趕到朋友身邊的衝動，和奈緒一起警戒著周圍靠近老人。

「按照約定，我賦予你們同行的權利。你們就一邊舔糖果一邊參觀吧。」

恩里科從衣服口袋裡掏出兩根棒棒糖。兩人義務性地收下糖果，放進長袍裡。奧利佛一點一點地縮短距離，靠近用兩手撐著地板不斷嘔吐的皮特。

「……唔嗯嗯嗯嗯嗯……！」

「皮特……！」

奧利佛警戒著老人靠近朋友，用左手輕撫他的背——也難怪他會變得如此虛弱。奧利佛和奈奈緒已經全力在追逐，而皮特又是在被恩里科抱著的情況下，以更快的速度在充滿起伏的迷宮內移動。雖然如果不是兩人硬要跟也不會變成這樣，關於這點只能事後再向他道歉了。

「Mr.雷斯頓，現在沒空讓你慢慢吐了。如果你也立志追求魔道，現在就該把握每一秒的時間認真看。」

恩里科露齒笑道。複數礦石燈同時亮起，集中的燈光照亮老人背後的空間。那裡隱約浮現出一個巨大的輪廓，讓奧利佛立刻擺出架勢戒備。

「看好了。雖然還在建造中，但這就是我目前的最高傑作——『機械神(Dea Ex Machina)』！」

一個不會說話的巨大身軀，被無數從牆面延伸出來的管線吊了起來。

首先浮現的感想是極為巨大。在討論正確的尺寸之前，從奧利佛等人的位置甚至看不見巨人的全貌。大略估算寬至少有五十英尺，高一百五十英尺以上。以往的魔像能分成小型、中型和大型，但這明顯不在同一個範疇，只能看出這具魔像是人形，而且目前缺乏腰部以下的部位。換句話說，等完成後又會比現在大上一倍。

相較於肩膀的寬度，軀幹的部分算是相當苗條，加上胸部的隆起，能夠看出這具魔像是採用女性的外表。五官可以算是端正，但略顯稚氣，眼睛也彷彿隨時都會睜開。肩膀以下裝了一層像洋裝的華麗鎧甲，儘管令人難以置信，但從獨特的質感來看，表面那層應該全都是剛鐵(精金)。固定在左右兩側牆壁上的手臂長且柔軟，就連纖細的指尖都做得十分精緻。另一方面，那隻手看起來也像會天真無邪地抓住蟲子扯掉蟲腳的孩子般，能輕易將人握碎。

「……巨大的人形魔像……？」

奧利佛仰望巨型魔像發出驚嘆。恩里科聞言，立刻看向少年。

「你的表情看起來好像有疑問。Mr.霍恩，盡情發問吧。這是你們贏得的權利。」

恩里科催促學生發言。與提出的荒謬課題相反，就樂見學生積極行動這點來看，這位老人確實像個教師。奧利佛慎選詞彙，順著對方的話題說道：

「……『每個人一開始都在心裡描繪過，但也一開始就捨棄的夢想』，我聽說在魔道築學中，巨大人形魔像就是這樣的存在。」

「沒錯。」

「……無論怎麼打造，應該都會欠缺實用性。首先，要如何補充龐大到足以讓這個巨大身體動起來的魔力？第二，即使有足夠的魔力，又要把如此耗費能量的東西用在哪裡？」

「沒錯。」

恩里科對學生提出的疑問非常滿意，重新轉向背後的巨大魔像。

「這牽涉到許多問題，我一個一個解答吧。首先是前提——Mr.雷斯頓。你知道為什麼魔像無法取代巨魔或哥布林等亞人，成為主要的勞動力嗎？」

察覺自己被點名的皮特搖搖晃晃地起身。奧利佛原本想伸手去攙扶他，但最後還是沒這麼做。因為朋友的眼神裡充滿了幹勁。

「……泛用性、管理性、自律性，以及製造費用。雖然和亞人種比較時有許多部分會構成問題，但最重要的原因——果然還是太耗費能量了。例如和巨魔相比，要讓相同重量的魔像動起來需要五倍以上的魔力。加上魔像並非生物，無法自己產生魔力。就結果而言，即使把用餐、排泄和住所等生物特有的麻煩也計算進去，使用魔像的成本還是遠比亞人高。」

「沒錯。即使只是一隻犬人，魔法生物的肉體和靈體仍是自然打造的最高傑作。特別是在魔力的運用效率方面，機械構造的魔像遠遠不及生物。」

奧利佛也跟著點頭。雖然魔法帶來的產業革命大大地改變了世界，但魔像作為勞動力的性價比依然很差。不如說就像恩里科所言，生物的身體太過優秀了。魔法師打造的機器，至今仍未達到那樣的水準。

「之所以不打造尺寸過大的魔像，其中一半的理由就在於此——現代世界的魔素遠比太古時代稀薄，就連巨獸種也只能在少數限定的區域生存。既然連生物都是如此，同樣大小的魔像自然就連動一根指頭都非常困難。換句話說，最少也要有和生物同等——亦即接近巨獸種的魔力運用效率，巨大魔像才有實用可能性。」

老人列舉實現計畫前必須先克服的問題後，轉向學生們說道：

「於是我改變了思考方向。真要說起來——Mr.雷斯頓，你知道魔像的語源是什麼嗎？」

老人再次提出問題，之所以偏向詢問皮特，應該是因為最看重他吧。眼鏡少年也明白這點，努力動員自己的所有知識找出答案。

「——『神造的靈魂倉庫』。如果追溯到源頭，這個詞原本是指包含人類在內的所有生命……魔法師就是為了模仿這樣的行為，才開始製造魔像。」

聽完他的說明，恩里科臉上的笑容變得更深了。

「沒錯。也就是說，魔像的原義與生命同義。換個說法，我們的身體也同樣是『活著的建築物（魔像）』，內部裝載著名為靈魂的貨物……說到這裡，你們應該也發現了吧？畢竟你們已經解體過液體金屬魔像了。」

奧利佛一聽見這句話，就產生了一個想法。打從沿著通道走來這裡時，就一直聽到現在的奇妙聲音——那個彷彿有人以一定的頻率敲打大鼓的聲音。然後他根據剛才聽到的那些話，推測出聲音的真相。

「……『這個魔像是活的嗎』？」

奧利佛仰望那張巨大的臉，在心裡確信——這個聲音是魔像的心跳聲。

一旁的皮特晚了幾秒才明白這句話的意思，臉色瞬間變得慘白。恩里科像是對他們找出的解答非常滿意般，開心地張開雙手。

「生物零件魔像……雖然從很久以前就有這方面的理論，但實現起來會遇到許多技術上的困難。直到我這一代才總算完成了實物。如你們所見，這是用生物的肉體打造的魔像。儘管外部包了一層魔法金屬，但內部是真正的肉體。我從各種生物身上切取素材，再進行培養、擴張和連結。當然這並非是只靠魔道築學做出的成果。不僅橫跨了包含魔法生物學在內的多樣學術領域，還需要取得各個領域的超一流研究者協助。值得慶幸的是——這世界上唯有金伯利能夠實現這一點。」

奧利佛也明白這句話的意義。這間學校聚集的教師都是各領域的專家，不論是設備或預算，他們的研究都受到學校全力支持。更重要的是，在這間學校進行研究幾乎不會受到來自外部的妨礙。

比起感動，奧利佛心裡更多的是戰慄，不過在各種意義上，他確實獲得了貴重的情報。少年最低限度地配合老人的話題。

「……這是足以名留青史的成果。不過如果終點是巨大魔像的實用化，這還只算是站上了起點。首先，為了儲存龐大的魔力而準備巨大的生物零件魔像——這種作法在早期就能預見極限。即使擁有比現存的魔力媒體還要高的容量，只要超出某個尺寸就會開始出現問題。如果是超一流魔法師的身體也就算了，『普通的生物零件』應該無法大幅超越這個極限。如果事情這麼單純，這個問題應該早就被解決了。再加上如同老師先前所說，現代就連巨獸種都只能在少數魔素濃度特別高的特殊地區活動。如果魔力效率和牠們一樣，這具生物零件魔像應該也會是如此。若只能在那麼限定的條件下使用，應該無法稱作『實用』吧。」

奧利佛沒有隨便奉承老人，而是直接提出可預見的缺陷。他覺得這才是最能讓對方開心的回答。不出所料，恩里科笑著點頭。

「你說的沒錯。所以——還需要從另一個角度進行思考。」

說完後，老人將視線移往奧利佛旁邊，看向從剛才開始就沉默不語的少女。

「Ms.響谷！魔像的動力通常是使用何種魔力媒體？」

「不知道。」

奈奈緒直率地回答。這下就連老人都忍不住沮喪地垂下肩膀。

「……我知道妳對這個領域沒什麼興趣，但這對魔法師來說是常識吧。Ms.響谷，妳可要記好了。」

「嗯，在下知道了。」

東方少女按照指示做好聆聽的準備，恩里科重新振作看向皮特，少年察覺老人的意圖後，便代替奈奈緒回答：

「翡翠、蛋白石和紫水晶，這些礦石都能儲存魔力。」

「不愧是Mr.雷斯頓。最具代表性的就是這三樣，而且每一樣都不足以作為巨大魔像的心臟。就連價格最為昂貴且能儲存最多魔力的紫水晶容量都完全不夠。假如把這個當成動力源設計，光燃料槽就會比魔像本體大好幾倍。因此需要一個新的燃料槽。也就是在能量的儲存效率上面有所突破。到這裡都聽得懂吧？」

說明到這裡，恩里科高高舉起右手的白杖。

「Mr.霍恩說的沒錯，單純準備生物容器無法解決問題，因此必須與『其他東西』併用——**開啟吧。**」

周圍的牆壁開始配合咒語一齊動了起來。牆面裂開，像門一樣朝左右開啟。在門的背面——是一座監牢。用鐵欄杆封鎖的空間裡，有許多充滿恐懼的目光。以犬人和哥布林為主，那些全都是接近人類的生物。皮特倒抽了一口氣。

「……亞、亞人種……？而且這麼多……」

三人的視線被這異常的景象吸引。在無數的氣息和呼吸聲中，響起了悲痛的叫喊：

「——救命啊！」「拜託讓我出去……！」

他們一看向那些聲音的方向，就察覺了另一項事實——那裡不是只有亞人種，還有少數人類。那些人無論男女都和亞人種一樣穿著簡陋的衣服，正拚命抓著鐵欄杆向奧利佛等人求救。

「————」

目睹了相同場景的奈奈緒稍微將身體往前傾，然後立刻準備衝過去——但下一個瞬間，她的全身毫無前兆地遭到強烈的電擊。

「——呃啊……」

「奈奈緒？」

奈奈緒口裡冒著煙倒下。奧利佛在衝向她的同時拚命思考分析狀況——恩里科沒有詠唱咒語，奈奈緒也沒有進入領域魔法的距離，周圍也看不見魔像或其他使魔的身影。即使如此，奈奈緒還是被擊倒了。「完全不知道她被做了什麼」。

「Ms.響谷，妳這樣不行。我只允許你們參觀，完全沒有允許你們干涉我的研究。更重要的是——妳剛才只有想著要『先』救他們吧。」

恩里科以嚴厲的語氣說道。奧利佛抱起奈奈緒，被老人的魄力震懾。

「妳的想法太輕率了，一點都不像個魔法師。探求魔道這件事原本就不受倫理限制。用世俗的價值觀進行評斷這種愚昧的行為，更是萬萬不可。何況妳甚至不是人權派。不能因為當下的心情就妨礙別人的研究喔。」

說教完後，老人突然表情一變，笑著說道：

「不過以前曾經有過這樣傑出的人物呢。不被魔道束縛，也不管什麼倫理，甚至肆無忌憚地斷言世界應該照著自己的心情走的魔女。」

奧利佛的心臟猛然跳了一下——符合這段描述的人只有一個。這個瘋狂老人也和自己一樣，從奈奈緒身上看見了母親的影子。

「妳跟她有點像。並非是外表像，而是靈魂的樣貌。所以看在這個情分上——這次就不繼續處罰妳了。」

恩里科說完後就將視線從昏倒的奈奈緒移到機械神上，繼續解說：

「雖然準備好的『柴薪』裡摻雜了一些人類，但他們都是罪人，所以不需要在意。回到原本的話題。優質的燃料是什麼？普通人應該會回答乾柴、木炭或清澈的油吧。但這些東西絕對無法充當巨大魔像的燃料，畢竟從體積的角度來看，能夠產生的能量實在太有限了。相反地——我們這些魔法師又是如何？儘管有個人差異，但是相同體積能夠產生的能量，遠遠超出一般的燃料。只要回想Mr.戈弗雷的火力就能明白吧。在高次元的魔法領域，能量的多寡不會受到體積的限制。」

奧利佛也能理解這點。無論是戈弗雷或眼前的老人，一流的魔法師都保有莫大的魔力，同時也具備能夠做到這點的構造。

「那麼，這些龐大的能量是儲存在哪裡呢？答案就是靈體。構成生物的三要素為肉體、靈體和魂魄，其中魔力是儲存在靈體內。魔力是以某種可能性的形式，用非物質性的方法儲存在靈體當中。因為是靈體，所以不受體積的限制。相較之下，子宮儲存的魔力可說是微乎其微，但儲存在肉體內的優點是能夠簡單又立即地利用。想有意識地動用儲存在靈體內的魔力需要才能和訓練，而且都必須達到極高的水準。這就是我和戈弗雷的魔力量看起來遠比你們多的原因。另一方面，靈體主要是靠依附肉體維持。幽靈（ghost）之所以化為那麼空虛的存在，就是因為失去肉體這個框架。那就像沒穿衣服被丟到暴風雪中一樣，必須找到能夠依靠的東西才能繼續存在。」

儘管不像魂魄那麼困難，但要單獨利用靈體依然並非易事。所以在魔法界，這個領域的研究長期都沒有進展。在講出這個眾所皆知的前提後，恩里科像是要進入正題般激動地說道：

「我重新整理一下——不限於魔法師，所有魔法生物的靈體都儲存了龐大的魔力。根據至今為止的說明，你們應該明白這項事實了吧？」

奧利佛沉默不語，一旁的皮特則是輕輕點頭。恩里科確認完學生的反應後，笑著開口：

「既然如此，『那些』正好可以拿來利用。」

接著，恩里科彈了一下手指。以此為信號，囚禁犯人的監牢裡發生了慘劇。所有牆壁全部開啟，從裡面出現巨大的齒輪，開始將他們碾碎。奧利佛驚訝地睜大眼睛，皮特的表情則是瞬間變得慘白。

「首先是去除礙事的肉體。因為我們只需要靈體。這時候有個訣竅，那就是在奪走他們的性命之前，要盡可能施加恐懼和痛苦。如果要當成巨大魔像的燃料，充滿怨恨的靈魂會比較好利用。這樣就算放著不管，他們也不會自己升天。」

恩里科得意地說明，這段期間監牢裡的犯人已經全被碾碎。那裡只剩下不留原形的屍體，但過不久就開始出現無數沒有固定輪廓，像海市蜃樓的「某種東西」。皮特察覺那些正是幽靈後，身體忍不住顫抖。

「失去肉體的靈體十分虛幻。即使蘊含了龐大的能量，也沒多少方法將其轉變成現象。所以怨靈才會群聚在一起，努力讓自己的存在變得更強大。數量多到這個程度後，就能輕易用視覺確認。他們盡可能群聚之後，就會開始追求身體，並極度渴望血肉帶來的溫暖。」

幽靈們接連穿過監牢的空隙，來到奧利佛等人所在的空間。奧利佛警戒地舉起杖劍，但他們只對巨大生物零件魔像有興趣。幽靈們像是找到容身之處般，接連衝向機械神。

「幸好他們眼前剛好有適合的東西。那就是我事先準備好的肉體——他們毫無選擇的餘地，就這樣蜂擁而入。」

所有幽靈都被吸入魔像體內後，只有上半身的巨大身軀開始劇烈晃動。奧利佛在察覺裡面發生什麼事後戰慄不已，恩里科則是高聲笑道：

「嘎哈哈，正在起衝突呢！無論容器再怎麼巨大，靈魂的數量還是太多了。無論如何都無法避免紛爭。」

靈魂們開始爭奪唯一的容器，但這場衝突也只有一開始的幾秒比較激烈，巨型魔像的痙攣很快就停止。恩里科見狀，滿意地補充道：

「不用擔心，他們是怨靈。同樣染上怨恨的靈魂會自然地群聚匯合，化為巨大的詛咒。你們應該上過咒術課了吧？將規模提升到極限後，就是所謂的大禍！……話雖如此，還是看不出魂魄的動向。令人困擾的是，目前可以說不存在能夠直接觀測魂魄的方法。所以相較於肉體和靈體，這方面的研究一直毫無進展。」

老人聳肩提出目前遭遇的問題。在他的視線前方，魔像的震動終於完全停止了。

「所有靈體透過共通的憎恨融為一體。這樣就準備完成了——注入魔力。」

老人一聲令下，牆壁就伸出巨大的管子接在機械神巨大的身體上。機械神接收從那裡流入的龐大魔力——融為一體的亞人種們的靈體，儲存在體內。

「各位覺得如何——這就是我的傑作。」

恩里科話音剛落，巨型魔像就以明確的意志揮動手臂。大部分的身體都被固定住的生物零件魔像拚命揮動唯一自由的雙手，而且全都是伸向老人的方向，彷彿是在表示他們沒有遺忘對老人的殺機。

「『如各位所見，這具魔像會動』——坦白講，在魔力效率方面並沒有贏過巨獸種，不過在使用魔力的方式上有決定性的不同，換句話說就是『能夠將用來長時間生存的餘力全部耗費在短時間的運作上』。這終究是用生物零件打造的道具，僅僅在必要時啟動，其他時間只要保留足以維持生物零件用的能量休眠就好。雖然有點類似冬眠，但期間消耗的能量遠比巨獸種少。畢竟這具魔像從一開始就沒有消化器官和大腦這些維持起來會耗費大量能量的內臟。」

老人以愉快聲音做出的解說到此結束。以龐大的詛咒為動力運轉的生物零件魔像，是個單純又惡劣（Simple is worst）的發明。這個極度褻瀆生命的產物，讓奧利佛以顫抖的聲音開口：

「……你打算……」

「嗯？」

「……你打算把這種東西用在什麼地方！你犧牲無數生命啟動這個巨大的玩具，究竟是想做什麼……！」

奧利佛以滿腔的厭惡問道。這個問題，讓恩里科的語氣瞬間變得平淡。

「——每年都會有許多生命死於和異端的戰鬥。」

他用和之前截然不同的平靜語氣斷斷續續地陳述。

「很多，真的非常多……當中也包括了許多具備稀有才能，十分令人惋惜的人才。如果他們能夠存活下來，現在不曉得能留下多少成果。」

恩里科以懷念的眼神說道。那個身影讓奧利佛想起一件事——這位老人也同樣曾是在前線奮戰的異端獵人。

「當異端們的祈禱奏效，讓異界之『神』降臨這個世界時，會造成特別多的犧牲。一旦發生那樣的情況，就只能不惜任何犧牲，將一流魔法師當成消耗品使用……我還在第一線時，就曾經發生過三次這種事。那種毫無道理可言的無力感和喪失感——我至今仍難以忘懷。」

老人說到這裡突然停頓一下，以前所未見的嚴肅表情望向奧利佛等人。

「——你們不覺得『生命不應該被糟蹋』嗎？」

這句話出自剛剎奪了許多生命的人口中，實在過於諷刺，但這個問題讓奧利佛勉強能夠窺見對方的部分想法，推測出恩里科．佛傑里這個魔法師的研究是如何演變成這個惡夢般的發明。

「……所以才要『先利用』亞人種和罪人……？」

奧利佛確認般的反問——在老人的認知裡，就連剛才遭到虐殺的犯人們都不算是被糟蹋。他應該能夠抬頭挺胸地斷言自己是把有限的生命，當成「資源」有效地利用吧。作為一個魔法師，他絲毫不感到愧疚。

「從價值較低的性命開始消費，當然算是正確的判斷。不過……就這件事來說，這個答案並不正確。我想優先使用的是異端本身的性命。」

恩里科露出凶惡的笑容說道。奧利佛在理解這句話的意義後，忍不住打了個寒顫。

「每次處理和異端有關的事件時，都會逮捕大量異端。關在這裡的亞人種和人類大多也是這樣來的。雖然為了避免損害和信仰擴大，通常都會立刻燒死——但這樣真的算是讓他們負責了嗎？當然不算。相較於他們為這個世界帶來的災禍，這樣的處罰實在太輕了。必須將他們利用得更徹底，讓他們也和『神』戰鬥才對！」

將罪人的性命當成燃料的決戰兵器，恩里科表示這才是機械神的核心概念。老人對這個劃時代的想法不抱一絲懷疑，繼續用興奮的聲音說道：

「我就是為了這個目的打造出這具魔像。這樣很棒對吧？只要用這個戰鬥，就連一隻犬人都能化為絕佳的燃料，活用在與『神』的戰鬥中！用異端的性命對付異端之『神』！啊啊，這才是貨真價實！在真正意義上的環保啊——————！！！」

老人感動的吶喊聲在寬廣的空間內迴響。這段期間，機械神仍在繼續掙扎，想要順從體內詛咒的意志握碎眼前的老人。

「啊，已經夠了。我只是想讓你們看一下它動的樣子而已——**抽出**。」

用咒語抽出魔力後，巨型魔像就被迫靜止，整個空間也瞬間變得寂靜。恩里科轉向已經啞口無言的奧利佛和眼鏡少年。

「Mr.雷斯頓，怎麼樣，有為你帶來刺激嗎？」

「……啊……啊……」

「感動到說不出話來啦！嘎哈哈哈哈哈！」

人在目睹過於超脫常理的事物時，會變得發不出任何聲音。對普通人家庭出身的皮特來說，這次的參觀就是最極端的經驗。奧利佛緊緊抱住他的身體，試圖讓他冷靜。老人見狀，判斷是時候該結束了。

「好，今天的參觀就到此為止。Mr.霍恩，你帶他們兩個回校舍吧。回程我不會讓魔像對你們出手，Ms.響谷應該也很快就會清醒吧。」

「……唔……」

不用老人吩咐，奧利佛也不想久留。他用力握住皮特的手，將奈奈緒抱在腋下離開工房。老人繼續對他的背影說道：

「你對他的過度保護沒有意義。Mr.雷斯頓已經見識過現實了。無論他選擇接受或拒絕，接下來的一切都是屬於他自己的戰鬥。」

這句話讓奧利佛咬緊牙關，看向一旁的少年。他至今仍無法接受剛才目睹的現實，溼潤眼眶中的眼神充滿動搖。

「……皮特，我們回去吧。」

奧利佛關心地對朋友說道……紛亂的心情終究會恢復平靜，人心具備這樣的性質。只不過不曉得到時候皮特．雷斯頓會變成什麼樣的人，這點讓奧利佛不安到難以復加——

第三章

Ancient Record

深淵大圖書館

據說能否踏入迷宮第四層，是金伯利學生升上高年級後將面對的最大障礙之一。

「據我所知，幾、幾乎沒有二年級生能夠潛入這裡。即使帶低年級生來……也、也只會礙手礙腳。我自己——第一次踏入這裡，好像，是四年級快結束的時候。當時，有、有一隻手被溶掉了，所——所以我記得很清楚。」

這裡是第三層「瘴氣沼澤」。又重又黏的泥濘地面上多出了一道道腳印，走在奧利佛旁邊的消瘦男子結結巴巴地進行說明。他是金伯利六年級的羅伯特．迪富爾克，知道奧利佛另一面的「同志」之一，臉上總是掛著陰森的笑容。

「沒錯，我也記得很清楚。我明明跟你說了很多次在處理『課題』的時候只要躲在背後支援就好，要是我當時沒幫忙防守，你應該會有一半的身體被溶解吧。搞不好前年的共同葬禮還會再多一個人。」

走在一旁的女學生加入對話，嘲弄男子。她是七年級的卡莉．巴寇，留著紅色短髮，雙耳都戴著耳環，也是「同志」之一。雖然她乍看之下是個性直率的人，但眼神帶有獨特的魄力，讓人覺得不容易親近。

「真、真是無話可說。不過——學、學姊那時候也很慘吧。原本臉看起來就很凶了，淋、淋到酸液後……根、根本是恐怖到讓人無法直視——」

「你知道拿別人的長相開玩笑，需要付出相對應的代價嗎？」

卡莉說完後，用手掌抓住羅伯特的後腦杓。等後者的頭骨開始發出奇怪的聲音後，奧利佛的大哥——走在背後的格溫才用力咳了一聲。卡莉乾脆地放開手，笑著轉向奧利佛。

「抱歉抱歉，陛下，我很吵對吧。我從以前就不擅長保持安靜，你可以嚴厲地斥責我喔。罵我太吵，或是太過鬆懈之類的。」

「——不。」

奧利佛想不出責備她的話，默默搖頭。即使他現在只是二年級生，但只要戴上面具就是同志們的君主。即使對方是高年級生，他也早就做好喝止這種散漫舉止的覺悟，不過在這個場合——

「……不如說反而讓人覺得可靠。我現在還沒有餘力在這個階層閒聊。」

奧利佛坦率地說道。即使多少有些輕視自己的成分在，但他們的閒聊並非出於鬆懈，而是透過讓精神適當放鬆表現出的「日常行為」。卡莉似乎對這個回答不太滿意。

「哼～真是坦率呢……但以你現在的立場來說，這算是種美德嗎？」

「卡莉！」

最後是格溫先看不下去。他毫不在意對方比自己高一個年級，以奧利佛親信的身分嚴厲地瞪向卡莉。

「妳鬧得太過頭了。羅伯特也別光顧著看，你應該要阻止她。」

「對、對不起，格溫。可、可是——我、我也想和他說話。趁、趁現在還有機會。」

羅伯特在聳肩的卡莉前面道歉，側眼看向奧利佛……他是基於重要的個人理由才想和少年溝通，而奧利佛從一開始就察覺了這點，所以才沒有拒絕。

「沒關係——大哥，你不用擔心我。」

奧利佛伸手制止格溫。本來以為這個話題到此為止——沒想到一個從背後追上來的女學生突然插入少年和兩名同志之間，讓奧利佛驚訝地睜大眼睛。他的大姊夏儂．舍伍德收起平常的溫和笑容，阻擋在他的前方。

「呵呵呵，看來你的姊姊不這麼想喔。」

卡莉露出嘲弄的笑容。雖然奧利佛很感激大姊的好意，但對方的眼神明顯已經把他當成是一個大少爺。奧利佛表面上維持沉默，在內心思考該如何收場。

「……不准妳，欺負諾爾。」

「我只是在疼愛他。看起來像是欺負嗎？」

「……像。因為不管諾爾怎麼回答，妳都不會滿意。」

「啊哈哈，果然瞞不過妳——」

卡莉毫不愧疚地笑道。兩名女學生之間瀰漫著緊張的氣氛——與此同時，泥濘的地面傳來激烈的震動。奧利佛準備開口警告同伴時，已經被卡莉抓住衣領拉了起來。

「——唔！」

少年被移動位置後，他上一秒所在的地面就炸裂開來。噴濺著泥巴現身的，是身長輕易就超過

十公尺的環形魔法生物——泥龍。牠們是能夠感應到獵物走在地面上時的震動，然後發動襲擊的第三層強敵。圓形的嘴巴裡環繞著鋸子般的牙齒，而且正為了重新吞下剛才攻擊失敗的獵物再次撲到奧利佛等人上方——

「「「「**侵蝕電光**。」」」」

同時放出的四道咒語竄進泥龍口中。又大又長的身體稍微痙攣一下就停止動作，口吐白沫地倒在泥地上。夏儂衝向目瞪口呆的奧利佛，所有同志都已經沒在看那隻無力再戰的魔獸。

「就快脫離第三層了。接下來會變危險，陛下，做好心理準備了嗎？」

「……嗯。」

奧利佛嚥下恐懼點頭——剛才的事情對這些高年級生來說，甚至稱不上「危險」。他重新體認到這個事實。

一行人繼續走了約二十分鐘，穿越沼澤地。奧利佛抵達奧菲莉亞事件時並未踏入的領域後，緊張地停下腳步。周圍的景象明顯換了個樣子。地面、牆壁和天花板都變成光滑又散發光澤的石造建築，形成一個和校舍競技場差不多的橢圓形空間，再更前面的地方有一扇巨大的門。

「……這裡是……」

「第四層之前的空間，通稱『圖書館前廣場』。」

卡莉說明時，前方發生了異變。門正前方的一塊空間開始扭曲，從裡面出現一個黑色的影子。那個像黑色破布的存在急速形成輪廓，最後固定成一個連頭都包在黑衣底下，身高約兩公尺的瘦弱身軀。那個存在散發出壓倒性的魔力——不對，應該說是「死亡的氣息」，讓奧利佛反射性地將手伸向杖劍。

「……唔！」

「冷靜點，不用和他戰鬥——雖然這樣也沒比較輕鬆。」

卡莉按住準備進入備戰狀態的奧利佛肩膀，然後轉向背後的同志們確認：

「『課題』的部分，按照預定計畫分成三個人一組，我和羅伯特保護陛下。兩位親信，這樣可以嗎？」

「——唔——」

「這樣就行了。」

格溫舉手阻止想要提出異議的夏儂，點頭回答。雖然沒有說出口，但奧利佛感謝他的體貼——他很高興大姊有這份心，不過如果連這時候都要家人保護，就無法當同志們的君主。

「我沒問題。大哥和大姊保護泰蕾莎吧。」

「……諾爾……」

「我知道了。」

夏儂一臉不安，格溫用力點頭，泰蕾莎則是持續用毫無感情的眼神注視著這一切。少年在三種視線的目送下，走向兩名同志所在的廣場中央。先一步走在前面的卡莉開口說道：

「你挺有膽識的，但我要認真提醒你，絕對不要跑到我們的前面。」

「不、不如說我們不會讓你這麼做。即——即使遇到最壞的情況，也、也要由我們先死。」

羅伯特以陰暗的笑容斷斷續續地說道。奧利佛對他這段話裡蘊含的決心毫不懷疑，以君主的身分回應：

「我能說的只有一句話——我不允許你們任何人死在這裡。」

少年如此斷言。受到這句話的激勵，兩名同志露出笑容。

「哈哈，遵命。」「那、那就沒辦法了。來——來輕鬆取勝吧。」

卡莉和羅伯特各自舉起杖劍。在他們眼前，黑衣人影的手上出現了一本書。卡莉一看見封面就立刻喊道：

「運氣不錯，是之前看過的封面！這次課題選的書是《巴特羅手記》！」

她才剛說完，數十張的頁面就離開書本在空中飛舞。紙片圍繞著奧利佛三人不斷旋轉，周圍的景色也急速改變，很快就看不見待在附近的格溫等人的身影。

「是、是第八章第二節。格——〈格林托德的災厄〉。」

羅伯特說出這句話時，他們人已經在完全不同的地方。周圍是樸素的農村景象，一群普通人在這裡拿著鋤頭耕田或是擠牛奶，但奧利佛立刻察覺不對勁。無論再怎麼鄉下，這些人的服裝和產業型態都過於古老。看起來是超過兩百年前——魔法帶來產業革命之前的景象。

「你、你嚇到了嗎——如、如你所見。這、這裡是將魔法書的部、部分內容重、重現出來的地方。」

「因為並非無法逃脫，所以比絕唱好一點。不過——這裡的藏書數量可是多到不得了。」

奧利佛透過兩人的說明理解這幅景象並非現實，而是重現了書本的內容。換句話說——這個不曉得何年何處的景象，就是羅伯特剛才提到的災厄發生的場所。像是為了證明這項事實般，周圍的人們都對突然出現的奧利佛等人毫無反應。

「《巴特羅手記》的第八章第二節，記述了大曆984年觀測到的『外來者』。而這就是當時的受害記錄。」

卡莉接著說明，同時仰望上空。現在時間大約是上午，烏雲密布的天空中間，出現了一個黑色的漩渦。周圍的普通民眾也發現了相同的東西，接連發出驚嘆。

「終於出現了——看好了，那就是異界的災厄。」

這句話才剛說完，漩渦裡就降下了幾百個「神祕物體」。那些東西乍看之下是直徑約七英尺的短圓柱體，有點像鏽紅色的齒輪或車輪。圓柱體落地後發出低沉的聲響，開始像球狀魔像般旋轉移動——一場慘劇就此展開。

「咿……？」「唔哇啊啊啊啊！」

田地、住宅、家畜、人類，那些「像車輪的東西」無差別地碾碎一切。看著鄰居在自己眼前被車輪碾過，人們開始發出慘叫，恐慌持續朝周圍擴散。另一方面，車輪們並沒有特別去追趕慌忙逃竄的人們，而是以精密的螺旋運動由外朝內收攏，將範圍內的所有物體碾碎。

人們的慘叫此起彼落，奧利佛壓抑衝上前的衝動——眼前的景象不過只是重現，這場悲劇其實是很久以前的事情。即使心裡明白，他的內心還是會感到疼痛。

「你知道那些東西在做什麼嗎？那叫做無差別捕食，毫無計畫就成群來到這裡的『外來者』常會做出這種行為。因為剛來到其他陌生的世界，所以就先什麼都吃吃看。不管是植物或動物，生物或非生物都一樣。在發現美味的食物之前，會不斷重複試吃和吐掉。」

透過卡莉的說明，奧利佛總算搞清楚眼前的景象是怎麼回事——那些車輪果然是生物。如果仔細觀察，就會發現無論人類、家畜或住宅，只要是被那些車輪碾碎的東西體積都會大幅減少。雖然令人難以置信，但碾碎的動作同時也包含了進食的意義。這個行為對車輪們來說是進食，也是狩獵。

這點明顯和這個世界的生物不同，就連魔法生物也不會進化成這樣。牠們所屬的系統樹，在獲得這種生態前置身的環境和這個世界有根本上的差異。來自不同世界的不速之客——也就是所謂的「外來者」。

「不、不妙，牠們也要過、過來這邊了。」

其中一隻轉向這裡的車輪對羅伯特產生反應，卡莉將杖劍瞄準那裡。

「一隻的話可以先拿來觀察——**緊縛**。」

她用咒語迎擊已經接近到只剩數碼之遙的車輪生物。車輪像是被看不見的手掌抓住般停止動作，卡莉用拘束咒語強硬地停止了牠的行動。

「來，看仔細了——雖然長這個樣子，但這種身體構造在『外來者』中算是相當符合常識了。光是會成群活動進行捕食就已經和我們所知的生物相同了吧。」

卡莉繼續限制車輪的行動，進行說明。奧利佛在對她能輕易做到這種事的魔法出力感到驚訝的同時，緊盯著眼前的異界生物進行觀察。羅伯特體貼地用杖劍從側面開始解剖。割開的地方流出灰色體液，底下則是像內臟器官的軟組織。奧利佛切身體會到這確實是生物。

「雖然目前就已經造成了嚴重的損害，但等牠們挑好食物後，情況又會變得更加棘手。所以現在是好機會。牠們正忙著找食物，沒有餘裕注意我們。」

卡莉適時地給被拘束的個體最後一擊，然後重新看向仍在進行無差別捕食的「外來者」們。如果只有一隻倒還算好應付，但這次的課題是掃蕩「群體」。

「一隻一隻解決會沒完沒了，對付這種傢伙有個特別合適的方法——羅伯特，把牠們解決掉。」

「真、真是的，居、居然把工作都推給我。」

羅伯特聳肩說完後，站到前方。他掀開長袍，衣服底下綁著幾十根試管。每根試管裡都裝了一隻魔法生物，而且每一隻都散發出不祥的魔力。他拿出其中一根打開蓋子。

「**甦醒吧**。」

羅伯特對試管內的生物施展咒語——一隻像是某種妖精的個體開始劇烈痙攣，從假死狀態中甦醒，在咒語的束縛下，牠筆直飛向「外來者」們肆虐的區域。理所當然地，小妖精一經過車輪生物的行進軌道，就立刻被其中一隻捕食——連同包含在體內的詛咒一起。

吃掉妖精的車輪生物的行動瞬間改變，不再以精密的動作和群體的同伴合作，反而主動衝向牠們。其他被撞到的個體也發生了同樣的變化，這樣的影響逐漸擴散，「外來者」們開始激烈地互相殘殺。奧利佛戰慄地握緊拳頭。

「效果真好。『同類相食』的詛咒對這種擠成一團的群體特別有效呢。」

這個預料之內的結果，讓卡莉露出微笑。奧利佛也明白發生了什麼事——這是詛咒。以包含詛咒的生物為術式的媒介，透過讓敵人吃下該個體感染詛咒。造成的影響不限於進行捕食的個體，還會藉由群體內的接觸讓詛咒進一步擴大。車輪生物互相衝撞、碎裂，然後一個接一個倒下。

「數量不斷在減少對吧？但你可別誤會，詛咒的總量一點都沒有減少，會蓄積在中詛咒的個體身上。這就是詛咒守恆定律，也就是所謂蠱毒的法則。到了最後——」

隨著個體數量減少，鬥爭也變得更加激烈。詛咒隨著同類相殘持續增幅，並繼續凝聚在剩下的個體中。數量從一百變成五十，五十變成二十，二十變成十。即使如此，衝突還是沒有停止，僅存的兩隻終於也開始正面衝突，並以其中一方碎裂做結。最後只剩卜一隻散發著漆黑魔力的個體。

「——積滿詛咒的個體完成了。如果殺掉會有詛咒洩漏，所以本來應該要活捉並進行解咒。不過這次只是紀錄，所以不會做到最後。大圖書館會親切地幫忙處理『課題』中的詛咒。」

卡莉用炸裂咒語挑釁後，最後一隻車輪就滾向這裡。牠連原本的性質都被詛咒覆蓋，如今只想碾死周圍所有會動的物體。這次奧利佛也跟著舉起杖劍，因為最後一隻不僅比其他個體大上兩倍，還因為體內的詛咒變得更強。

「哎呀，陛下，你就悠閒地待在旁邊吧。」

卡蒂伸手制止奧利佛，悠哉地往前走，換羅伯特退到少年旁邊，像是在說接下來輪到她表現。

「……嘶──────」

明明距離愈近就愈危險，卡莉還是在拿著杖劍用力吸了口氣後，就動也不動。直到殺氣騰騰的車輪生物逼近到她眼前，奧利佛才看不下去地喊道：

「──卡莉！」

「**強推！**」

幾乎就在同一時間，卡莉揮下準備已久的杖劍。她並非從對手的正面攻擊，而是像朝太陽穴揮出勾拳般，直到獵物逼近到極近距離後才「從側面施加強烈的衝擊」。已經加速到極限的車輪生物，完全無法抵抗來自直角方向的衝擊。牠從卡莉旁邊通過後就倒在地上，不斷吵雜地空轉，噴濺著泥土、碎石、人類和同族的血肉。

「啊哈哈哈哈！轉個不停呢！」

卡莉立刻撲了過去。車輪生物倒下後，露出不管怎麼旋轉都不會受到影響的中心軸。雖然牠從體內伸出了保護弱點用的荊棘，但卡莉當然早已看穿，在閃躲的同時朝側面刺出杖劍。她根本不需要砍，只要將杖劍刺進持續迴轉的體內，車輪生物本能的行動就會替自己造成致命的損害，整個過程就像是在開罐頭一樣。

「去死吧——**風槌擊打**。」

當「罐頭蓋子」打開後，卡莉毫不猶豫地朝那裡放出奪命的咒語。風槌猛烈地敲打車輪生物的身體，擊碎剛被切開的外殼，連帶破壞底下的所有內臟，裡面的體液則是慢了一拍才像噴水般四處飛濺。

「好，課題完成——啊，陛下，你剛才是不是在叫我？」

全身沾滿灰色體液的卡莉笑著轉頭看向奧利佛。羅伯特看著那悽慘的樣貌，對奧利佛耳語道：

「很、很可怕對吧。那、那就是『染血』卡莉……她、她和人類戰鬥時也是那樣。」

「…………」

奧利佛啞口無言，但基本上還是偏向鬆一口氣。他很慶幸沒有同伴受傷。

「這次運氣不錯，抽到輕鬆的課題。這裡如果籤運太差會很棘手。」

卡莉說完後，周圍的景色開始變得稀薄，一行人再次回到大門前方的空間。她向重新現身的格溫等人揮著手說道：

「那我們先走一步。我會適當替他介紹裡面。」

「我們立刻就會跟上……別跑太遠了。」

格溫叮嚀完後，奧利佛等人就先走進門內。等三人都穿過門後，大門再次發出沉重的聲音關上。既然規定必須完成課題才能通過，格溫等人接下來應該會接受新的考驗吧。奧利佛只需要相信大哥和大姊，在前方等待。

「陛下，歡迎來到二年級生通常沒機會造訪的迷宮第四層——『深淵大圖書館』。」

走在前方的卡莉轉身攤開雙手，展示周圍的空間。奧利佛也在環視周圍後，被這幅景象所震懾——眼前是一座高到看不見頂端，不曉得被分成多少層的書架高塔，許多長著翅膀的亞人種不斷在書架之間穿梭。

「……翼人……」

「牠們負責整理書籍。牠們並非被金伯利雇用，而是在迷宮被人發現前就棲息在這裡。雖然個性不太好，但也會幫忙進行導覽，想還書時也只要直接交給牠們就好。」

卡莉說明利用這裡的方法。俯瞰著奧利佛的翼人們看起來確實沒有敵意，這裡似乎是名副其實的圖書館。

奧利佛謹慎地邊走邊觀察這裡，然後發現有黑衣人影靠近。在大門前面選出「課題圖書」的也是這種黑色人影。卡莉對警戒的奧利佛耳語道：

「那些黑色人影是這裡的監視者……你知道他們是什麼種族嗎？」

卡莉笑著問道。此時，其中一個黑衣人影與奧利佛擦身而過，少年在看見黑衣底下的景象後頓時感到毛骨悚然——人影單手拿著大鐮刀，骷髏的雙眼內側是深不可測的黑暗。奧利佛說出那個只在文獻裡看過的名稱：

「……生命收割者（reaper）……！」

「很、很好笑對吧。明、明明現在很少有機會看見掌管死——死亡的神靈，這、這裡卻有一大堆。」

羅伯特發出陰沉的笑聲說道——在過往的神明時代，被安排在這個世界掌管特定職責的存在被稱作「神靈」。職掌生死秩序的生命收割者也是其中之一。雖然當魔法師想要背離生命的攝理時，他們就會現身，但實際上很少有人看過他們。甚至有人說目擊者都難逃一死。

「如果認真打起來，就連我們也會有危險。在這裡還是守規矩一點吧。只要不違反規定，他們就不會對你怎麼樣。」

「……具體來說有哪些規定？」

「主要是不能汙損書籍、擅自外借或是借書逾期，還有在圖書館內給人添麻煩。順帶一提，『生還者』曾因為想在這裡煮飯而差點丟了小命。他真的是個笨蛋呢。」

卡莉大笑著說道。就在奧利佛覺得那個凱文・沃克確實有可能這麼做時，卡莉繼續說明：

「這裡的書全都是『禁書』。畢竟主要都是大曆之前的書籍。雖然對魔法師來說是寶山，但只要一不小心就會被書吞噬。可不能把這裡和校舍內的圖書館相提並論喔。」

奧利佛輕輕點頭……雖然對禁書很有興趣，但以他現在的實力，光是碰觸書架都很危險吧。

就在少年正確地認識到這個地方的危險性時，卡莉跨上自己帶來的掃帚。

「跟我來吧。這裡沒有禁止使用掃帚，但如果騎太快會被盯上，所以要小心喔。」

「你、你會低速飛行嗎？我、我可以載你。」

羅伯特體貼地說道，但奧利佛搖頭跨上自己的掃帚，直接飛了起來……雖然身手不像奈奈緒那麼好，但他也徹底學習過如何使用掃帚。區區低速飛行，還不需要接受別人的幫助。

他們開始上升時，背後突然響起大門關閉的沉重聲響。奧利佛反射性地看向聲音的方向。

「……好像有人出去了。」

「大概是先來的高年級生吧。不用擔心，來這裡的人通常都會隱藏身分。即使被人發現，也不會懷疑我們。」

卡莉毫不在意地說道。即使感到有些介意，奧利佛還是繼續跟在他們後面前進。

同一時間，在上面的第二層有另外三人正在爬巨大樹。

「……唔，呼……！」

皮特努力不往下看，追著前面的凱爬上斜坡。他的身體和背上的掃帚之間綁著安全繩，也練習過很多次在墜落時用減速咒語著地，但置身一百五十英尺的高度帶來的恐懼並不會消失。皮特是普通人家庭出身，所以這種傾向又特別明顯。

「爬上這裡後就可以休息！皮特，跟得上嗎？」

「當……當然可以！這根本不算什麼……！」

前面的凱一問，眼鏡少年就逞強地回答。此時，某人體貼地從少年背後撐住他，原來是負責殿後的卡蒂。

「皮特，不可以勉強喔。你的腳都踩不穩了，稍微休息一下吧。」

卡蒂溫柔但堅決地說道。凱和卡蒂比皮特熟悉第二層，所以今天由兩人分別負責帶頭和支援。少女快速將繩子繞過仍想拒絕休息的皮特身上，然後綁在樹幹上的突起處。

「你看，只要找到支撐就安全了。快坐下吧。」

「……嗚嗚……」

既然卡蒂都已經做到這個程度，皮特也只能無奈地和她一起坐下。等兩人調整好呼吸時，前面的凱已經走了回來。他一看見眼鏡少年的模樣，就苦笑著說道：

「果然中途就需要休息啦。所以我才說今天爬到十分之三的高度就好。」

「別開玩笑了，我一定要追上你們。」

皮特不服輸地說道，凱聽了後聳肩回應：

「你每天花那麼多時間看書，如果連迷宮探索都跟我們相同水準，那就太厲害了，不過這樣未免太貪心了。」

「不如說這樣還不夠……我不想一直當別人的累贅。」

皮特咬緊嘴唇說道。卡蒂聞言，便輕輕將手放在他背上。

「皮特，你是想讓奧利佛安心吧……我懂你的心情。」

「我、我從頭到尾都沒那麼說吧。」

「是是是，你沒有說。太激動會讓呼吸變亂，等晚一點再聊天吧。」

凱這句話讓皮特閉上嘴巴。三人警戒著周圍休息了約五分鐘後，再次開始攀爬巨大樹。陡峭的坡道讓皮特辛苦地呻吟：

「可惡……要是能騎掃帚，這點坡道根本不算什麼……」

「我也很想這麼做，但你也看見上面那群傢伙了吧？」

凱指向上空。皮特一抬頭，就發現有數十隻鳥龍在那裡盤旋。牠們的位置剛好在三人正上方，這當然並非巧合。

「只要我們的腳一離開地面，馬上就會被牠們襲擊。我之前也想偷懶，結果吃了不少苦頭，在這裡還是把掃帚當成腳滑時的備用手段比較好。」

「只要練好控制重心的技巧後，就能將疲勞壓抑在最低限度。不過這種事急不來，就慢慢習慣吧。」

從皮特背後傳來卡蒂的聲音。儘管前後都有同伴守著令人安心，但這反而讓少年更加體會到自己還不夠成熟。他不想輸給這兩個人。

「最後那一段有點陡。你們等一下，我先上去放繩子下來。」

凱觀察完攀登的難度後快步跨越坡道，從上面放繩子下來。原本必須用雙手撐住自己的皮特感激地抓住繩子。為了預防萬一，必須空出慣用手來應付魔獸的襲擊。

「要盡快爬上去！如果在這種狀態下用盡力氣，會被魔獸盯上！」

凱的忠告讓皮特和卡蒂繃緊神經，迅速往上爬——此時，少女看見凱的背後出現了一道身影。

「……？凱，小心後面！」

「咦？」

凱立刻轉過身，然後發現魔猿的手臂已經來到自己面前。他反射性地將手伸向杖劍，但在做出防禦前，對方這一擊已經從側面命中他的身體。凱從樹上被打飛到空中。

「凱！」

皮特大喊，然後看見凱突然停止墜落。凱的掃帚察覺夥伴的危機開始飛行，少年透過安全繩停留在空中。即使如此，凱依然是毫無防備，而且頭部的衝擊還讓他幾乎失去意識。

「……嗚……啊？」

「凱，快點動起來！魔鳥要來了……！」

卡蒂焦急地大喊，她的聲音讓凱恢復意識用左手抓住掃帚，幾乎就在同一時間，盯上獵物的鳥龍們也以滑翔的方式飛來。

「唔——唔喔喔喔喔喔！」

凱回到樹上前就遭遇襲擊，急忙用右手的杖劍迎擊。卡蒂和皮特拚命從樹上支援，但還是無法完全抵擋鳥龍們的攻擊。一隻躲過咒語的鳥龍打飛了凱右手的杖劍，下一隻來襲的鳥龍則是咬住了他與掃帚之間的安全繩。

「——啊——」

繩索應聲斷裂，凱在失去安全防護的狀態下被拋向空中。他邊下墜邊試著伸手拔出白杖，但手指無法自由動彈。剛才那隻打飛杖劍的鳥籠，用爪子割斷了他的肌腱。卡蒂和皮特也來不及救他，少年的身體直直落向地面——

「——**減速吧**。」

一股強到讓人感到疼痛的力道接住了凱，減速的身體飄浮在極度靠近地面的地方，一個擁有寬廣胸膛的人將他抱在懷裡。相對於奧利佛是用宛如溫柔包住人的方式接住人，這個接法則是完全相反，粗暴但能夠讓人強烈感受到「活著」。

「哈哈，好久沒接墜落的人了。居然選擇在我上方墜落——小子，你運氣可真好。」

還沒回過神的凱，聽見一個男子豪邁的笑聲。此時，卡蒂和皮特也騎著掃帚筆直從上空降落。他們在朋友與其救命恩人旁邊著地，激動地跑向兩人。

「凱，你沒事吧……！」「有受傷嗎？」

「嗯，二年級的三人組？太勉強了吧。來這裡至少要配一個高年級生。」

高大的高年級生將凱放到地上，在確認三人的狀況後開口提醒。卡蒂和皮特都沒有餘裕聽，一齊將杖劍對準上空。儘管同伴保住了一條命，但鳥籠還沒有放過他們。

「這群鳥也太囂張了——哈哈！」

高大男子望向滑翔而來的魔鳥，將杖劍高舉頭頂。宛如燒紅的鐵般的劍身立刻漲滿魔力，男子繼續詠唱。

「——**颳起旋風，燒盡一切。**」

杖劍前端產生火焰的龍捲風，急速擴張的龍捲風瞬間吞噬八隻獵物。強烈的氣流讓鳥龍們無法自由飛行，同時灼燒牠們的全身。那些魔鳥在空中停滯了十幾秒，然後全部化為屍體墜落。

「哈哈，可以辦烤肉派對了。我肚子正好餓了呢。」

男子開心地走向最近的一具屍體，用杖劍挖了一塊靠近大腿根部的肉來吃。他發現學弟妹們都傻眼地看向這裡，於是爽朗地向他們搭話：

「你們要吃嗎？鳥腿肉很好吃喔。」

「……呃，那個……」

男子在困惑的卡蒂和皮特面前大口吃肉，凱看見後便幾乎反射性地用沒受傷的左手從長袍裡掏出一瓶鹽巴。

「……我這裡有調味料。」

「喔，你真貼心！哈哈哈，快坐下吧！」

「咦咦咦？」

順利回收凱掉在附近的杖劍後，他們也一起坐下來和救命恩人的高年級生交談。聽完三名學弟妹們的說明和自我介紹後，男子也報上名號。

「我是六年級的克里夫頓．摩根——原來如此，你們正在為了追上朋友特訓啊。」

自稱摩根的男子雙手抱胸，一臉嚴肅地看向三人。

「雖然精神可嘉——但太危險了。剛才要是我沒經過，最壞的情況下或許會有人喪命。」

「……真是太丟人了……」

對自己的失敗有所自覺的凱深深垂下頭。一旁的皮特也十分沮喪。因為朋友是為了分心照顧他，才會遭遇危險。

「哈哈哈！唉，我也有很多這種經驗。在這間學校不管再怎麼努力，都無法一直慎重行事。以身涉險是沒關係，但你們必須記住『不會死的涉險方法』。不要急於求成，再依賴學長姊們幾個月吧。看清楚訣竅並加以模仿，這樣自然就能學會必要的技能。」

摩根簡單提出建議後，就開始用跟凱借來的鹽巴替肉調味，然後津津有味地享用只有隨便烤過的肉。男子稍微咀嚼並把肉吞下肚後，開心地轉向學弟妹們。

「不過好久沒像這樣和二年級生好好說話了。平常在三層以下幾乎不會遇見低年級生。這層果然很不錯，充滿了活力……」

男子感慨地環視周圍，從這段話便能推測出他已經潛入迷宮很長一段時間。就在凱等人想詢問他究竟過著什麼樣的生活時，摩根突然按住胸口。

「——咳、咳！」

摩根激烈地咳嗽，同時從嘴裡吐出猛烈的火焰。凱等人驚訝地起身。

「哇……！」「你、你還好吧？你、你在噴火喔？」

即使是魔法師，人類也不會用嘴巴噴火。男子在驚訝的學弟妹們面前又咳出幾次火後，症狀才終於平息。

「……我沒事。抱歉，嚇到你們了。」

呼吸恢復順暢後，摩根開口道歉。接下來的幾秒鐘，他默默看著學弟妹們的臉，然後像是改變想法般搖頭：

「唉——這也算是學長的責任吧……其實我並非沒事，我再過不久就會死。」

這個突然揭露的事實，讓凱等人倒抽了一口氣。男子將手按在胸口上繼續說道：

「這就是以身涉險失敗後的結果。我被火焰侵蝕了。哈哈——雖然我本來以為自己能控制。」

男子笑著拿起白杖，在前端點燃火焰。那道火焰基本上是橙色，但同時也摻雜了綠色和褐色，看起來十分特殊。火焰自己分裂並妖豔地晃動的姿態，讓學弟妹們都看得入迷了。

「如果不小心碰到，可不會只是燒傷而已。我操縱的並非這個世界的火焰——既然是二年級，應該已經開始上天文學了吧？」

三人戰戰兢兢地點頭。確認他們已經具備基礎知識後，摩根開始說明：

「有個叫『侵蝕火焰爐』的異界偶爾會和這個世界產生連結。相較於這個充滿水的世界，那裡充滿了火焰。雖然關於環境的特徵多到講不完，但最特別的一點就是那裡的火焰產生了進化，只有火精靈的種類特別多。那個世界的元素大概從一開始就很少吧。我們的世界有許多火以外的屬性，但這方面在那裡是由多樣化的火焰填補。那個世界的生態系當然也是以此為基礎。最有名的『外來者』，應該就是靠吞食火焰生存的不死鳥（phoenix）吧。」

男子說到這裡停頓了一下，將手放在自己的胸口。

「我看上了那個世界的可能性，至於打算怎麼利用，就不能告訴你們了……結果如你們所見，我因為無法控制火焰導致身體被侵蝕。」

「……難道沒辦法去除……」

「很遺憾應該是沒救了。火焰已經跟靈體融合，以現代的魔法技術根本無計可施。按照目前的情況來看，我應該是撐不到年底吧。」

這個乾脆的回答讓凱陷入沉默。男子將已經吃乾淨的骨頭丟到地上。

「事情大概就是這樣……在探求魔道的過程，偶爾會發生無可挽回的失敗。雖然如果害怕這種風險，就無法獲得偉大的成果……咳、咳！」

摩根再次咳出火焰，然後對無言以對的學弟妹們笑道：

「喂喂喂，別擺出那麼鬱悶的表情……你們也是魔法師所以應該明白吧。失敗本身就具有很大的價值。我留下的紀錄未來將會成為其他研究者們的指標，讓他們免於重蹈我的覆轍。以魔法師來說，這種可以慢慢等死的狀況已經算是很好了。甚至還能和倒楣的學弟妹們聊這麼久的天呢。哈哈哈！」

男子打趣地說完後，豪邁地大笑。他看起來並非在逞強或虛張聲勢，讓凱等人稍微寬心了一點。同時也體認到如果研究最後失敗，結果就是死——而這種事在金伯利這個地方一點都不罕見。

此時，摩根突然露出嚴肅的表情，向各自接受了嚴酷現實的學弟妹們問道：

「身體變成這樣後，我就無法回校舍了……但坦白講，還有一件事讓我非常掛心。趁這個機會，我想跟你們確認一件事。藍燕的王牌現在狀況怎麼樣？」

「——轉彎的動作不夠俐落！」

聲音像閃電一樣飛來。艾希伯里抓準奈奈緒讓掃帚在練習場邊緣轉彎時露出的破綻，毫不留情地發動攻擊。東方少女被人從側面用擊棍攻擊，但還是勉強擋了下來。此時藍燕的王牌繼續喊道：

「Ms.奈奈緒，不管是那把掃帚還是妳的實力，應該都不止如此吧！」

「當然——！」

奈奈緒也不服輸地大喊並讓掃帚加速，兩名選手已經不曉得用擊棍在空中激烈交鋒了幾次。她們反覆互擊又分開，無論哪一隊的選手都無法輕易介入，只能遠遠地觀看。

「……喔～真恐怖。練習賽就這麼激烈啊。」

「被盯上的奈奈緒真是不幸。不過本人看起來很開心就算了。」

野雁的選手們在一旁閒聊，其中一人將視線從激戰的兩人身上移開後，發現了異常的景象。他感覺自己全身逐漸僵住，用顫抖的聲音向飛在旁邊的隊友搭話：

「……喂、喂，你看那邊……」

「怎麼了——唔哇。」

注意到相同景象的選手也做出一樣的反應，影響逐漸在周圍的選手之間擴散。

「——艾米，怎麼樣，奈奈緒的飛行技巧很厲害吧。」

「…………」

兩個人影來到位於練習場外圍的觀戰區域。留著一頭茂密金色縱捲髮的瀟灑男子，是西奧多·麥法蘭；另一個全身散發宛如凍結鋼鐵般氣息的銀髮魔女——是金伯利校長艾絲梅拉達。

「啊，不用在意這裡！我們只是來參觀的，照平常那樣練習吧！」

西奧多察覺選手們分心後，高聲說道。選手們姑且重新動了起來，但動作明顯變差了。男子困擾地聳肩。

「話雖如此，大部分的學生知道妳在看後，應該都無法繼續像『平常』那樣吧。」

西奧多轉向本人說道。校長來看選手練習就是如此罕見的事情，甚至可以說是異常狀況。所以也難怪選手們的動作會變僵硬。

「——不，還是有兩個人不受影響呢。」

然而，其中也有例外。金伯利的魔女默默看著完全不受教師影響，依然繼續激戰的奈奈緒和艾希伯里。

繼續練習了約三十分鐘後，宣告休息的哨音響起，西奧多看準時機朝空中喊道：

「辛苦了，奈奈緒！不好意思打擾妳休息，請妳過來這裡一下！」

「嗯？喔——是西奧多大人！」

奈奈緒這時候才總算注意到兩人，筆直地往地面方向下降。東方少女看向站在西奧多旁邊的魔女，露出微笑。

「今天校長大人也一起來啦。真是稀客。」

「艾米很少來看比賽，但她從以前就喜歡掃帚競技，學生時期更是特別熱衷呢。」

「喔——？這還是初次耳聞。」

奈奈緒跳下掃帚著地，轉向兩名教師。此時，艾希伯里滑翔到少女背後，像是覺得有趣般凝視著校長。

「真是稀客。校長大人，妳是來看備受期待的新人練習嗎？還是來看她的掃帚？」

艾希伯里試著打探這位稀客關注的目標。校長以不帶感情的視線反望艾希伯里，一開口就直接將問題推翻。

「——『艾希伯里，妳變慢了呢』。」

氣氛瞬間凝結。經過幾秒鐘的沉默後，艾希伯里以顫抖的聲音反問：

「……妳說什麼？」

「妳前年還飛得比較快。雖然現在技巧變好了，但也僅止於此——失去熟識的防護員，讓妳對飛行產生恐懼了嗎？」

校長毫不留情地繼續說道，宛如金屬互相摩擦的危險氣氛籠罩了整個練習場。察覺這個狀況的選手們在上空緊張地觀望。即使藍燕的王牌已經露出極為可怕的表情，金伯利的魔女仍繼續刺激對方的自尊。

「妳也很久沒刷新紀錄了。如果是因為領悟自己的極限，想專心指導學弟妹也沒關係。妳就退下第一線，作為一個普通的掃帚選手享受餘生吧。」

「——怎麼可能！」

艾希伯里用盡全力大吼著否定。如果對方不是教師——不對，如果不是校長的話，她一定早就毫不猶豫地砍過去了。看見她的眼神裡充滿殺氣，西奧多悠哉地開口：

「哎呀，Ms.艾希伯里，妳冷靜一點。雖然說話的口氣有點嚴厲，但校長是在激勵妳。簡單來講，她只是想說——妳一定能飛得更快。」

西奧多試著緩頰，但氣氛一點都沒有緩和。只見校長若無其事地承受著艾希伯里的殺氣，繼續說道：

「看來妳還沒失去氣概——那對妳的失望就先保留吧。」

「……唔！」

在做出成果之前，無論怎麼反駁都沒意義。明白這點的艾希伯里反轉掃帚，再次筆直飛向天空。她完全無視隊友們的呼喊，直接離開了練習場。奈奈緒看著她的背影抱胸思索。

「嗯，這種激勵方式還真是嚴厲呢。」

「奈奈緒，這些話不適用在妳身上。畢竟妳和Ms.艾希伯里的立場不同，不像她是個道地的掃帚選手。」

西奧多將手放在奈奈緒的頭上——

「比起這個……趁著休息時間，要不要和我們聊一下天？」

他笑著邀請少女。奈奈緒輪流看向兩名教師，微笑地點頭。

「——那麼，在下就恭敬不如從命了。」

在離練習場有段距離的草地角落，設了一個喝茶的場地。西奧多在用器化植物做成的桌子上，擺放不曉得從哪裡拿出來的茶具。

「——這是日之國常喝的綠茶。雖然有人教我不能用太熱的水泡，但不曉得這樣做對不對？妳覺得如何？」

他一轉眼就用咒語煮好熱水，倒進同樣是日之國產的茶壺，等了約一分鐘再按照人數倒茶。奈奈緒喝了一口冒著熱氣、顏色宛如鮮豔綠葉的液體後露出微笑：

「嗯……這個味道真讓人懷念。」

這對她來說是久違的故鄉味道。奈奈緒放鬆下來後，轉向從剛才開始就不發一語的金伯利魔女。

「校長大人，自從入學典禮結束後，就一直沒機會像現在這樣說話呢。」

「…………」

即使奈奈緒主動攀談，艾絲梅拉達仍不發一語。奈奈緒盯著她的臉看了幾秒後，嘟囔著說道：

「您的頭痛還沒好呢。不好意思，看來在下教您按摩的穴道沒什麼效果。」

原本在準備茶點的西奧多瞬間停止動作，以驚訝的眼神凝視奈奈緒。

「喔——妳看得出來啊。」

「西奧多。」

校長警告似的喊了西奧多的名字，但後者靜靜搖頭。

「有什麼關係，反正已經被看穿了——她的頭痛是基於一些特殊原因，沒那麼容易治好。奈奈緒，謝謝妳的關心。」

男子簡短說明，奈奈緒也沒有深究，繼續喝自己的茶。她只是因為眼前的人身體不舒服才表達關心，完全沒有其他的意圖。西奧多自然地察覺這點，微笑著說道：

「艾米，妳也說點什麼吧。妳應該有很多事情想問吧？」

西奧多催促一直保持沉默的校長。過了一會兒，打從三人圍著桌子坐下後，金伯利的魔女終於首次對奈奈緒開口：

「……掃帚的狀況怎麼樣？」

「非常好——您對天津風有興趣嗎？」

奈奈緒看著飄浮在旁邊的掃帚問道。西奧多準備好配茶用的最中（註：一種用糯米粉製成的日式紅豆點心），用魔法將盤子分給所有人時插嘴說道：

「可不只是有興趣而已。因為那是這間學校——應該說是這世界上唯一一把堅持不肯服從她的掃帚。而奈奈緒妳能夠隨心所欲地操縱牠。」

「真的是這樣嗎？雖然在下努力想要發揮天津風的實力，但依然完全不是艾希伯里大人的對手。」

少女皺著眉頭說道。正因為金伯利的所有人都認同奈奈緒擁有非比尋常的才能，所以她面臨的問題也非同小可。

「艾希伯里大人曾說掃帚對她而言就像四肢一樣，是身體的一部分。那想必就是在下曾在故鄉聽說過的人馬一體的境界……然而，在下實在無法那麼想。天津風是在下的夥伴，在下實在無法將其當成四肢使喚。」

東方少女摸著天津風的握把說道。艾絲梅拉達聽了後，低聲說道：

「……或許這就是理由吧。」

「嗯？」

這句簡短的話，讓奈奈緒驚訝地看向校長。察覺校長意圖的西奧多幫忙說明：

「意思是那把掃帚——天津風承認妳是牠的騎手。回想起來，她……上一任騎手也曾說過相同的話。比起其他人，那把掃帚和她一起飛行時最開心，所以才能載著她飛往任何地方——」

男子直視著奈奈緒，十分懷念地說道。他的眼神裡摻雜著憧憬和羨慕，像是在眺望自己絕對無法觸及的閃耀星星。

「對我們魔法師來說，掃帚終究是使魔。Ms.艾希伯里和艾米當然也都這麼認為，但妳不一樣。或許就是因為這樣，天津風才選擇了妳。不是作為主人，而是作為夥伴。」

「…………」

艾絲梅拉達也沒有否定他的推測。兩人的反應讓奈奈緒直覺地察覺一件事——天津風的上一任騎手，對兩人來說都是非常重要的人。

「原來如此——那麼身為這把掃帚的夥伴，在下要繼續努力精進才行。」

奈奈緒笑著說道。作為現任騎手，這是她能表現的最大誠意。就在西奧多滿意地點頭時，奈奈緒將喝完的茶杯遞給他。

「對了，麥法蘭大人，可以請您再給我一杯茶嗎？」

「嗯？當然可以啊。」

西奧多立刻朝茶壺揮動魔杖，此時東方少女又補了一句出人意料的話：

「請先幫校長大人倒吧──她看起來也想再喝一杯。」

男子這才注意到另一位同席者的杯子不知何時已經空了。西奧多露出驚訝的表情，因為他很清楚──她只有想繼續和人聊天時才會喝茶。

「──原來如此。不好意思，艾米，是我太粗心了。」

「…………」

男子開口道歉，但對方依然沉默以對，表情更是從一開始就沒變過。即使如此，西奧多還是很清楚她正在享受這場茶會。

他對促成這點的奈奈緒投以感激的視線，同時問了一個在意許久的問題：

「奈奈緒，我一直很納悶──妳難道都不怕她嗎？」

「雖然校長大人給人很強的壓迫感，但在下從來不曾感到害怕呢。」

少女困惑地歪了一下脖子。恐懼和壓迫感──即使這對許多人來說是相同的感情，但在少女心中似乎有著明確的區別。西奧多拍著大腿笑道：

「哈哈哈哈哈──！哎呀，這樣就好。奈奈緒，希望妳能一直保持這樣。」

男子開心地替兩人倒茶，並希望這段罕見的時光能再持續久一點。

奧利佛等人騎著掃帚遊覽深淵大圖書館，過了約三十分鐘後，格溫等人也進門了。於是奧利佛等人停止參觀，和他們會合。

「——花了不少時間呢。很棘手嗎？」

「遇到的課題和成員比較不搭，但沒有人受傷。」

格溫淡淡地回答卡莉的問題。如他所言，夏儂、泰蕾莎和他本人看起來都沒有受傷，也沒有特別疲憊。這讓奧利佛在心裡鬆了口氣。

「好。圖書館內已經介紹得差不多了，換去外圍吧。」

卡莉再次領著眾人前進，六人穿過設在圖書館內各面牆上的門走到外面。一道強烈的陽光迎面而來。這裡跟第二層一樣有人工太陽，還有被精心照料的茂盛綠色花草。這個出乎意料的景象，讓奧利佛大吃一驚。

「……居然是庭園。」

「與其說是庭園，更接近菜園。就像裡面有翼人打理一樣，這裡是由小人族管理。」

走在前面的卡莉說完後，原地轉了一圈張開雙手。

「這裡就像是給能來到第四層的魔法師的特別待遇。從藥草到各種菇類，這裡能採到許多魔法藥的材料。小人族栽種的藥材品質是絕對沒問題。雖然如果摘太多，生命收割者就會跑來。」

奧利佛點頭表示理解——在第三層搜索皮特時，密里根曾說過奧菲莉亞可能會去第四層以下的地方採集藥草，大概就是在講這裡吧。如果沒有能夠穩定通過那個「課題」的實力，就無法經常利用這裡。而就連當時四年級的密里根，都會覺得這裡「太危險」。

奧利佛環視寬廣的菜園，說出覺得不自然的地方。

「……沒看到小人族呢。」

「因為他們很膽小，所以我們一來就躲起來了。明明我們又不會把他們抓來吃。」

卡莉說完哈哈大笑。這麼說來，奧利佛也有看見菜園到處都散落著像農具的道具。一想到剛才還有一群小人族在這裡工作，只是因為發現有人來才立刻丟下工作躲到草叢裡，奧利佛就覺得有點罪惡感。

「考慮到以後的事情，也該好好帶你認識這裡，不過這就等回程時再說吧。我們這次的目的，是要去更前面的地方。」

卡莉熟門熟路地繼續前進。雖然圍繞著圖書館塔的菜園相當廣闊，但走了約二十分鐘後就看不到緣意，取而代之的是一個直徑約五十碼的大隧道。之所以會覺得那是隧道而非洞窟，是因為那裡的斷面呈完美的正圓形，牆面也包了一層平滑的素材。

「這裡是通往第五層的通道，通稱『螺旋迴廊』。話雖如此，這也只是十二條通道的其中之一，每條通道都是通往第五層的不同地方。」

奧利佛謹慎地跟在卡莉後面踏進隧道後，突然颳起一陣強風吹亂了他的頭髮。隧道內部有彎道，無法直接看到前方的狀況。既然叫螺旋迴廊，表示直到出口為止，隧道都會持續彎曲吧。

「如、如果想襲擊恩里科老師……就、就要選這裡。」

「為什麼？」

奧利佛反問羅伯特時，卡莉代替他回答：

「首先單純是第二層以上的地方人太多了。你應該也明白吧？如果想盡可能排除被人妨礙的可能性，就要先排除較淺的階層。第三層是個有點微妙的界線，那裡地形太差，又有許多好戰的魔法生物。考慮到戰鬥時的『干擾』，那裡實在不太適合作為戰場。這時候就要利用第四層的障礙。只有能夠完成剛才那個『課題』的魔法師會來這裡，所以出入的人數遠比第三層少。而來到第四層的人通常都是為了圖書館的禁書，只有要潛入第五層以下的人會來這裡。」

卡莉的說明十分合理，讓奧利佛贊同地點頭。既然原本就預測會是一場苦戰，自然應該多提防第三者的介入。此時格溫開口補充：

「雖然也有學生會潛入第五層以下的地方，但通常不會使用這條第十一號迴廊，因為通往的地方太危險了。就連在教師當中，也只有少數幾人會使用這裡……」

「……而其中一個人就是恩里科・佛傑里吧。」

大哥的補充說明，讓奧利佛對這個方案更加信服。確實很難再湊齊更好的條件。

「沒錯。這些還只是一半的理由。」

卡莉說出令人意外的發言，一旁的羅伯特對驚訝的奧利佛說道：

「你、你試試看全力對地板使出防壁咒語。」

「……？」

奧利佛狐疑地拔出杖劍，按照羅伯特的指示對準地板。

「**分隔阻擋！**」

杖劍放出的光芒直擊地板，但等了幾秒依然沒有形成障壁。這個異常狀況，讓奧利佛皺起眉頭。

「……這裡的地形……無法加工？」

「沒錯。第四層原則上是中立地帶，所以很難用魔法對地形進行干涉。其他階層也一樣吧？被破壞的牆壁會在不知不覺間修復。你可以想成是那種效果在這裡特別強烈，也就是所謂的迷宮恆常性。」

在卡莉說明的期間，奧利佛反覆使用不同咒語進行實驗，但結果都一樣，證明這裡無論使用何種屬性的魔法都無法干涉地形。

「生命收割者的存在也是其中之一。為了預防貴重的圖書被破壞，圖書館內被監視得特別嚴密。不過——這條螺旋迴廊剛好在交界處。雖然會強烈受到地形恆常性的影響，但就算在這裡大鬧也不會引來生命收割者。」

她開玩笑地說著「真是占盡便宜呢」。奧利佛點頭贊同後，卡莉就看向隧道深處。

「回到原本的話題，這裡很難用魔法干涉地形。參照我們的目的，你應該明白這代表什麼意義吧。」

「——封印魔像。」

奧利佛毫不猶豫地回答。聽完這些說明後，輕易就能推測出這個結論。卡莉笑著說道：

「沒錯。既然有在迷宮追過那個老人，應該就能明白吧——除了這裡以外，根本無法預測他會從哪裡叫出魔像和魔法陷阱。在最壞的情況下，甚至會被他逃進洞窟魔像。到時候戰況一定會變得很混亂，不難想像他最後不是用消耗戰把我們耗到全滅，就是用魔像妨礙我們再趁機逃跑。」

「……關於這點，我從以前就有一個疑問。恩里科究竟是如何將那麼多魔像和陷阱配置在迷宮裡？」

「很遺憾，我、我們也不曉得他是怎麼做到的。不——不管怎麼跟蹤和偵察，都無法破解他的手法。而且，不、不只第一層，他在第二層和第三層——也、也能若無其事地叫出一堆魔像。」

羅伯特憤恨地補充說明。即使偵察多年也無法破解敵人的手法，這讓奧利佛不曉得第幾次體驗到敵人的深不可測。

「不、不過——能夠做出推測。恐怕是有負、負責調度魔像的魔像。雖、雖然針對這種魔像有幾個假設……但不管哪一個都能確定無法在這裡使用。第四層的恆常性——就、就是如此強烈。」

羅伯特刻意如此斷言，奧利佛明白他的意思，並因此堅定地點頭……即使不曉得詳細手法，還是能透過大致明白的資訊封鎖敵人的優勢。最後選出的戰場就是這個螺旋迴廊。

「恩里科．佛傑里本人，以及他經常帶來這個階層的幾具小型和中型的泛用魔像。只要在這裡開戰，就能將敵人的戰力削弱到這種程度。再加上包含我們在內，這次預定會有三十二人參戰，只要大家都全力以赴——應該勉強能有一定的勝算吧。」

恩里科．佛傑里是魔道建築者，所以他的威脅性都集中在本人建造、差遣的魔像。這同時也是從剩下的六名「仇人」當中，優先挑選這個老人下手的理由。只要能將魔像與施術者分開，理論上他應該會是最容易打倒的對手。

另一方面，奧利佛也明白這個道理只能讓人稍微心安。首先，無法期待這次能像面對達瑞斯時那樣，一開始就將距離縮短到魔法劍的攻擊範圍內。既然已經有一個金伯利教師被打倒，其他人當然會考慮到「魔劍」的可能性，更何況恩里科原本就不喜歡劍的攻擊範圍。

再加上奧利佛的魔劍在性質上無法用來突襲敵人。那是需要將精神集中到極限才能施展的招式，出招前必須將身心都調整成備戰狀態，所以無論如何都會展現出鬥志，不可能持續將殺氣隱藏到動手的前一刻。之所以會正面挑戰達瑞斯，背後其實也包含了不得已的理由。

在這些前提下，這次的戰鬥不可能是一對一。如同卡莉所言，必須徹底活用同志們的力量才勉強有勝算。做出這樣的結論後，奧利佛詢問身邊的女子：

「……這條迴廊有多長？」

「七英里多，這距離即使騎上掃帚全力衝刺也無法立刻通過。畢竟這裡同時也是防止五層以下的危險存在爬上來的安全措施。當然如果要動手，只能選擇在中間地點進行夾擊。」

「從頭到尾都只有一條路吧？」

「沒錯，中間沒有任何岔路。基於第四層的恆常性，幾乎不可能打穿牆壁。如果有那樣的實力，那先將我們全數殲滅還比較快。」

將想得到的事情都確認過後，奧利佛做了幾個深呼吸。該做出決斷了。既然已經找到滿足這麼多條件的戰場，再慎重下去就只是膽小。

「好——就在這裡和那個瘋狂老人一決勝負吧。」

在這句話脫口而出的瞬間，奧利佛忍不住全身顫抖。這個反應包含了恐懼、戰慄——以及更加強烈的黑暗喜悅。

第四章

Forugyeri

魔工狂老

即使白天一直銷聲匿跡，恐怖的記憶還是常會在夜晚復甦。

「……嗚嗚嗚……」

所以深夜十二點剛上床不久，就聽見隔壁床位傳來痛苦呻吟聲的奧利佛，馬上就察覺發生了什麼事。

「……呼、呼……呼……！」

「…………」

「呼呼……啊、啊……啊啊，啊啊啊啊！」

「……皮特！」

別說是恢復平靜，隔壁床的呻吟反而變得愈來愈嚴重。奧利佛跳下床走向朋友，抓住對方的肩膀搖醒他。

「冷靜點，皮特。那只是夢。有我在……我就在這裡。」

「……咦……啊……？啊……」

皮特睜開眼睛後愣了幾秒，他凝視著室友的臉，然後慌張地環視周圍。確認這裡是和平常一樣的房間後，少年總算明白自己是做了惡夢。緊張的情緒瞬間消退，讓他沮喪地垂下肩膀。

「……對、對不起，又給你添麻煩了……」

「不用道歉，你又沒做錯什麼事……稍微調整一下呼吸吧。」

奧利佛坐到皮特旁邊輕輕搓著朋友的背，溫和地說道。同時他也在心裡想著──會作惡夢才是正常的反應。

畢竟皮特目睹了老人的工房，以及徹底無視倫理道德、透過燃燒許多生命完成的瘋狂發明。親眼目睹那具機械神，聽人說明其設計和構思的過程，然後「稍微理解了那些事」──對兩年前還只是普通人的少年來說，這已經足以讓他大為動搖。

奧利佛明白，當時皮特心裡一定有許多東西崩潰了。過去茫然地相信的正義與禁忌，以及作為普通人生活時一輩子都不會懷疑的價值觀，全都一起被粉碎了。

皮特已經知道最極端的那些魔法師是什麼樣的存在，以及自己如果繼續走這條路，或許也會變成那樣。追求魔道的路上，不管做什麼事都不會被譴責。

隨著倫理、道德、正義、禁忌等構成人格基礎的概念都被動搖和質疑，他被迫重新定義這些概念。奧利佛很清楚這會帶來極大的壓力，因為他也是過來人。

「……皮特，過來這裡。」

稍微思考了一會兒後，奧利佛將兩手分別伸向朋友的背和腿彎，直接將他抱起來。

「咦……？」

皮特愣愣地被抱走，從被他睡著時流的汗弄溼的床，搬到隔壁的奧利佛的床。奧利佛溫柔地放下朋友後，直接從背後用雙手抱緊他。

「——咦……？」

「不好意思委屈你用我的床。如果你不介意，就先保持這樣吧。」

奧利佛拉了一條毛毯蓋住自己和懷裡的皮特。兩人在同一張床上緊貼著彼此。

「……脈搏很快，魔力循環也亂了。看來也同時進行治療比較好。」

「等……！嗯嗯……！」

皮特還來不及說完，奧利佛已經掀開他的睡衣將手掌貼在背上。雖然皮特已經體驗過很多次魔力透過皮膚流進體內的感覺，但之前身體都沒有貼得這麼緊密。更重要的是——

「……喂、喂……我今天是……！」

「嗯？」

就在準備說出「今天是女生」前，皮特的嘴巴僵住了。

他很清楚——只要說出這句話，奧利佛就會立刻離開。少年曾為自己不夠細心致歉，然後立刻反省，重新拉開和他的距離。

然後……或許未來就再也不會像現在這樣接觸他了。

奧利佛明顯將他當成了親近的同性，所以才會經常和他有近距離的肌膚接觸。即使皮特之後覺醒了兩極往來的體質，奧利佛也沒有改變態度。這是因為皮特自己曾表示希望朋友們不要在意這種事，只要像平常那樣對待自己就好。奧利佛只是照做而已。

所以皮特覺得只要一說出「今天是女生」，這個魔法或許就會解除，讓自己永遠失去這股溫暖。

因此他將這句話又吞了回去。

「……沒事……」

「我可以繼續嗎？」

「…………」

皮特輕輕點頭。獲得許可的奧利佛重新進行治療，少年完全不曉得自己的舉動給對方的內心帶來了多大的動搖。

「……真懷念。雖然立場相反，但我以前也常在颳強風的夜晚，讓媽媽對我這麼做。」

奧利佛的微笑裡摻雜著鄉愁。皮特將自己的身體完全託付給他的手，側耳傾聽。

「我每次吵著要聽睡前故事時，媽媽都會告訴我多到驚人的故事。那些故事實在太有趣，讓我變得更不想睡，這時候爸爸就會過來阻止。結果隔天我們三人都睡過頭了……我很喜歡這樣。」

奧利佛斷斷續續地說著，同時溫柔地用指尖梳理朋友的灰髮。他以縹緲的語氣訴說這段已經逝去的時光，讓皮特覺得胸口彷彿被人緊緊揪住。奧利佛很少講以前的事情，就只有這種時候——平常總是那麼可靠的少年，會讓人覺得脆弱到彷彿一碰就會碎裂。

皮特也很清楚——這一定是位於對方心裡深處的傷痕。

如果自己一直這麼弱小，未來絕對無法幫他分擔這份傷痛。

「……不用太擔心我。」

「？」

皮特反握奧利佛的手說道……沒錯，如果是去年還不好說，但在這間學校度過一年後，自己也稍微變強了。

「……我完全沒打算就這樣接受那個景象。」

至少可以澄清這點。消除自己在那個瘋狂老人的工房看過「那個」後，室友內心最大的擔憂。

「卡蒂也是這樣吧。雖然她跟密里根學姊學了許多東西，但並沒有打算變成像密里根學姊那樣的人。她想學會那些知識和技術，以其他方式活用在自己的道路上。這點我也一樣。」

皮特盡全力以堅強的語氣說道。透過從背後傳來的感覺發現對方仍未放心後，皮特再次說道：

「我知道你想說什麼。我還沒有像卡蒂那樣堅定的目標和自覺……這我不否認。我還在摸索自己的道路……不過……」

皮特停頓了一下，用力握緊奧利佛的手……他的狀況確實和卡蒂不同。因為皮特目前並未懷抱任何理念或理想，只是作為一個人，他已經找到了榜樣。

「……即使如此……我還是有想要追逐的背影。」

皮特如此宣告。他擠出所有勇氣，抱持著類似從高處往下跳的決心，用顫抖的聲音表露心情

——你就是我的目標，我一直在追逐你的背影。

面對這個一生難得的告白——當事人在他背後微笑著說道：

「這樣啊……原來你有憧憬的對象……」

「……唔……！」

這個反應讓皮特瞬間理解最重要的部分完全沒有傳達到。奧利佛完全沒有察覺室友對自己的心意，用力抱緊懷裡的皮特露出溫和的笑容。

「——呃啊？」

皮特不讓奧利佛把話講完，直接用頭撞對方的下巴。而且只撞一下還無法消氣，他又繼續撞了兩三下。每次都會發出聽起來很痛的聲音。

「好、好痛！等等，皮特，你到底怎麼了！」

「閉嘴！閉嘴閉嘴！」

奧利佛要求說明的聲音根本是火上加油，在那之後的十幾分鐘，直到皮特氣消為止，奧利佛的下巴都一直被頭槌攻擊。

過了一個晚上，奧利佛清醒後就拉開窗簾，讓柔和的夏日陽光照進室內。今天氣溫適中，藍天被綿延不絕的雲朵籠罩，西風溫柔地晃動髮絲。

「…………」

是個平靜的早晨。但一想起今天是什麼日子，就讓人覺得格外諷刺。

「——早安，皮特。紅茶要加砂糖嗎？」

「……我要兩顆。」

奧利佛一轉頭詢問，在床上睡眼惺忪的皮特就揉著眼睛回答。不過——他似乎在這時候想起了昨晚的事情，立刻紅著臉將視線從室友身上移開。奧利佛見狀笑了一下，然後開始像平常那樣準備提振精神的紅茶。

在宿舍的走廊上與凱碰頭後，三人在前往校舍的路上與從女生宿舍出來的另外三人會合。捲髮少女一看見奧利佛等人，就率先舉手打招呼。

「……啊，早安，奧利佛！皮特和凱也早安！」

「在下有件事想馬上和各位分享。卡蒂今天早上睡昏頭時說了非常有趣的夢話——」

「哇！不用一開始就講這個吧！」

卡蒂慌張地摀住室友的嘴巴。奧利佛露出微笑，看著這個一如往常的熱鬧場景——同時在心裡擔心自己的表情有沒有顯得不自然。

「……剛入學的時候，我本來以為在我們當中只有我和奈奈緒特別會吃。」

六人一進校舍就先去「友誼廳」，一起在有許多學生的熱鬧空間中吃早餐。凱環視其他同桌的成員，然後將目光停在正以驚人的氣勢將食物塞進嘴裡的卡蒂和皮特身上。

「這兩個人最近很不得了。簡直就像是在替暖爐添柴火似的。」

「不吃就太浪費了！凱也一樣吧！這個燕麥片給你！」

「為什麼偏偏是燕麥片啊！雖然我會吃啦！」

凱像是被牽連般收下盤子，無奈地吃著燕麥片。奧利佛苦笑著看向旁邊，眼鏡少年注意到後，連忙放下麵包將叉子伸向沙拉盤。

「……我也有好好吃蔬菜喔。」

「嗯，皮特真了不起。」

奧利佛笑著輕撫少年的頭。即使不悅地哼了一聲，皮特還是沒有反抗繼續用餐。雪拉靜靜地喝著紅茶，溫柔地看著同伴們。六人像平常一樣享用早餐。

上午的課程匆匆結束，如今就算發生一些騷動或多了幾名傷患，也不會有人因此動搖。卡蒂等人快步離開教室，然後立刻去跑下一個行程。

「好！那我要去看獅鷲了！」

「我要去圖書館。凱、卡蒂，別忘了晚餐後要開讀書會。」

「我知道啦。我要再去練習一下咒語。」

凱目送兩人離開後，自發地獨自留在教室內開始複習咒語學。奈奈緒和雪拉揮手和他打了個招呼後，也跟著前往走廊，此時奧利佛轉向與兩人相反的方向。

「……我去一下洗手間，妳們先走吧。」

「嗯，知道了。」

奧利佛自然地與兩人分開前往洗手間。幸好那裡現在沒什麼人，他一走進廁所隔間——

「……嘔……！」

他就像是潰堤般將胃裡的東西全數吐進馬桶內。舌頭根部充滿胃液的酸味，少年就這樣吐了幾十秒。

「……呼、呼……」

等胃裡已經沒東西可吐後，奧利佛無力地起身靠在廁所隔間的牆上。他按下把手沖水時茫然地想著——看來自己的腸胃演技不像臉那麼好。

奧利佛休息了約一分鐘便走出廁所隔間，在洗手台仔細洗手漱口，確認自己映照在鏡子裡的表情……姑且不論有沒有順利隱藏好自己的緊張，至少眼睛沒有因為睡眠不足充血。少年在心裡想著或許昨晚是多虧了皮特才能睡好，離開了洗手間。

「——您身體不舒服嗎？」

看似無人的走廊突然響起一道聲音，一名嬌小的少女出現在奧利佛的身旁。事到如今他早已不會感到驚訝，取而代之的是露出苦笑。

「居然跟到了男生廁所，妳可真是個了不起的密探呢。」

「我平常不會這樣，只是今天……」

泰蕾莎含糊地說著，對少年投以關心的視線。覺得這個反應相當罕見的奧利佛，有些誇張地聳肩。

「……不用太擔心。面對那樣的強敵，會像這樣緊張也很正常。」

「有辦法消除緊張嗎？」

「不是沒有——但我現在不想服用會對精神狀態產生影響的魔法藥。就算只有一點點，也不能讓感覺變遲鈍。」

奧利佛回答完後，握緊右手……必須以萬全狀態挑戰，否則就連面對那個魔人都有困難。

「泰蕾莎，妳不害怕嗎？」

他突然在意起這件事並詢問眼前的少女。泰蕾莎低下頭，困擾地思索。

「我不太清楚。我對死亡……沒什麼排斥感。畢竟我是在金伯利出生長大。」

換句話說，她的日常生活本來就時時充滿生命危險。因為恐懼和膽怯可能造成妨礙，所以她只剩下最低限度的情感。奧利佛再次體認到她受的就是這種教育。

「…………」

「……？」

他不自覺地伸出手，用手指梳理少女的黑髮。泰蕾莎本人一定不曉得這個舉動有何意義。面對她困惑的視線，奧利佛苦笑著回答：

「……真是完全顛倒呢。」

兩人明明互相關心對方，情感上卻無法產生交集。奧利佛覺得兩人某方面來說其實很像。無論是他或泰蕾莎，在內心深處都不認為自己有讓人關心的價值。

唯獨此刻，這共通的扭曲讓他感到自在——居然被這種感覺拯救，自己未免太讓人傻眼了。

「放心吧，跟之前一樣——只要燃起鬥志，就不會再顫抖。」

少年直視少女，做出堅定的保證。泰蕾莎也跟著點頭。

「——吾主，我對您深信不疑。」

她在回答的同時，想起他在那個晚上第一次完成復仇時的身影——今晚或許能再看見一次，光是這個事實就足以推動少女前進。

同一時間，在迷宮第四層，充滿了禁書和書架的「深淵大圖書館」角落。

「——你覺得他怎麼樣？」

卡莉和羅伯特占據了一張閱讀區的桌子來保養杖劍和確認魔法道具，打發出動前的時間。他們的同志們各自在校舍或迷宮內的指定地點待命，等時間一到就會前往戰場集合。

「……妳、妳是指君主嗎？」

「沒錯，就是那個少年。」

羅伯特停止檢查詛咒道具，抬起視線。卡莉粗魯地將腳架在桌上，繼續說道：

「我沒打算評論他目前的實力。這是我們負責的部分，首領的工作是穩穩地待在後方，就算不強也沒關係。不過——我不明白『選他的理由』。為什麼既不是格溫也不是其他高年級生，而是那個少年？他是個好孩子，好到根本不應該出現在金伯利。讓那種人當首領，我實在無法信服。就算把他母親的事情考慮在內也一樣。」

最年長的同志坦率地說出心中的疑問。羅伯特吞吞吐吐地回答：

「……我、我倒是隱約能夠明白……選、選他的理由。」

「給我說明一下。」

卡莉用鞋跟敲著桌子催促對方。羅伯特苦笑著搖頭。

「我、我沒辦法好好說明，只是有這種感覺。不過……應該是因為他擁有一種不論是妳、我，還是其他同志都沒有的特質。而、而且是藏在人格的深處。」

羅伯特斷斷續續說出的回答，讓卡莉皺起眉頭不悅地說道：

「我討厭這種曖昧不清的說法。」

「哈哈、哈。妳、妳從以前就是這樣呢。」

羅伯特像是早就猜到這個反應般露出笑容，卡莉則是不悅地哼了一聲。兩人一如往常地互動，靜靜等待開戰的時刻。

比往常都還要漫長的一天結束，少年終於在晚上九點後來到了迷宮第一層。

「——嗨。」

奧利佛穿過繪畫的入口，他的面前站著一個高年級的學姊。少年朝她點了一下頭，就直接與她擦身而過。

「**臨摹描寫，從頭到腳，皆不遺漏。**」

女學生一唸完咒語就被濃霧包圍——等濃霧散去後，那裡只剩下從髮型到指甲的形狀都與本人毫無二致的另一個奧利佛．霍恩。

「我會完美扮演你的替身，盡全力上吧。」

「交給妳了。」

奧利佛簡短地將後續的事託付給對方後，就前往迷宮深處——這樣他就毫無後顧之憂了。

他的第一個朋友是普通人。雖然很少人會刻意提及，但這樣的魔法師還不少。

對一開始就出生在普通人家庭，或是駐守在城鎮或鄉村，在普通人團體中生活的魔法師來說，這沒什麼好奇怪的。但令人意外的是，一些歷史悠久的古老家族的子女也有這種經驗。即使他們從小就被灌注魔法師的思想，所以多少會有點瞧不起普通人。

某個知名魔法喜劇演員曾經說過——簡單來講，就是因為生活太讓人喘不過氣了。

「出生在歷史悠久家族的天才，生活中總是充滿了責任和期待等束縛。整天都待在那種世界的孩子會感到厭煩，在聽說外面有個不是那樣的世界後，自然會產生興趣。不過若想前往其他世界，就需要一個中間人。」

說出這段話的人也有過相同的遭遇，所以才格外有說服力。以前有個男孩每天早上都會送牛奶到他家，那孩子就是他與普通人社會最初的接點。有些人是家裡一開始就有請普通人當傭人，每個人獲得知己的途徑都不太一樣。

當然，也不是每個人都以這麼規矩的方式相識。

「————啊啊啊啊啊啊啊啊啊啊啊啊啊啊啊啊啊！！！」

黎明前的天空逐漸轉白，一個少年跨坐在掃帚上，在飛行過程持續發出吵鬧的哭聲。他看起來大概只有八歲。隨意穿著做工精緻的長袍，顯示他出身良好並對此毫無自覺。

「……喔～又來啦。」「今天早上特別誇張呢。」

在高麗菜田裡工作的農夫們看向上空，但沒有人對這個早已習以為常的景象感到驚訝。「愛哭鬼的晨間飛行」在這附近相當有名，大家甚至知道這種事大約每兩星期就會發生一次。

「啊啊啊啊啊啊啊啊啊啊啊啊啊啊啊啊啊！！！」

少年飛過田野後，抵達一座純樸小鎮的上空。雖然這裡是座鄉下城鎮，但近年的開發帶來的繁榮讓人口持續增加，在大英魔法國的各地經常能看見這種景象。

即使視野因淚水變得模糊，少年還是壓低掃帚的前端直線朝城鎮降落，在穿過邊緣的住宅區後抵達中央的商店街。商店街的西側有許多零售店，以及一早就出門採購的客人。他打算在那一帶前面的寬廣道路著地。

「嗚啊啊啊啊啊啊啊啊啊啊啊啊啊啊啊啊啊啊啊！！！」

少年沒有抓好減速的時機失去平衡，腳一碰到地面人就飛離了掃帚，然後在路上盛大地摔了一跤。他整個人撞進堆在路邊的空木桶裡，周圍也因此多了一堆木材碎片。

「嗚哇啊啊啊啊啊啊啊啊啊啊啊啊啊啊啊啊啊啊啊！！！！」

少年從木材碎片中起身後，又哭得更大聲了。雖然魔法師強韌的身體讓他全身都只有擦傷，但還是會痛。一群不曉得發生什麼事的人從建築物裡衝出來，困擾地看著他，這時候一個少女從附近的十字路口現身並衝向少年。

「——找到了！嘎哈哈哈哈！你又降落失敗啦？真的很笨耶！」

「嗚啊啊啊啊啊啊啊啊啊啊啊啊啊啊啊啊啊！！！！」

少年哭到彷彿喉嚨都快要裂開。在近距離承受那個聲音的少女用雙手摀著耳朵笑道：

「嘎哈哈哈！你的哭聲還是一樣誇張！耳朵都快被你震聾了！好了，別哭了！」

少女說完後從口袋裡掏出棒棒糖，硬塞進少年的嘴裡。出口被堵住後，少年的哭聲就立刻平息下來。

「……嗚嗚嗚。」

「嗯嗯！好乖好乖。」

她跪在少年前面誇獎他，像是在摸寵物狗般用雙手玩弄他的捲髮。一個在附近開糖果店的年長女性，從在周圍觀望的人群裡探出頭。

「又是那孩子啊，諾薇米……讓他來是沒什麼關係，但降落時就不能安靜一點嗎？我很擔心他下次會不會就墜落在我家的屋頂。」

「哎呀，不用擔心啦。他好像會慎選降落的地方。如果把別人家弄壞了，你會負責修理吧，小魔法師。」

叫諾薇米的少女說完後，少年就吸了一下鼻子。他將嘴裡的棒棒糖換到左手，用空出的右手揮動白杖唸出咒語。原本碎裂的木桶逐漸恢復原狀，像是什麼都沒發生過般整齊地堆在路邊。

少女笑著起身，直接轉向賣糖果的女性下訂單。

「莫妮卡阿姨，我要買四根棒棒糖。」

「——你今天是為什麼哭？」

少年和少女舔著棒棒糖走在路上時，諾薇米向已經恢復冷靜、比自己年幼的少年如此問道。少年用力握緊手裡的棒棒糖回答：

「……我畫了設計圖。我之前有說過我的夢想就是做出全世界最大的魔像吧。」

「嗯，我記得。因為你跟我說了很多次。好像是只要超過某個尺寸，就算做出來也沒辦法動吧？」

諾薇米笑著回應，她想起少年之前曾差點一直說到太陽下山。少年點點頭，繼續說道：

「嗯，所以在燃料、素材和構造方面都需要技術性的革新。我還想不到該怎麼解決燃料問題，所以打算先從素材和構造方面開始著手。」

少年將手伸進長袍裡，掏出一張折起來的紙，然後攤開交給少女。

「這是我畫的設計圖，紅色的地方全都是媽媽修改的痕跡。」

「唔哇。」

就連諾薇米都覺得慘不忍睹。她當然無法判斷設計圖的好壞，但詳細的繪圖和充滿力道的線條將少年的熱情表露無遺。

像用一大桶水直接澆熄那股熱情的紅字批注也十分驚人。要求數字提出根據，指出素材的不妥，並將大大小小的構造缺陷全部羅列出來，可說是修改得毫不留情。明明光是這樣就足以擊垮對手，最後卻還補上了冷血的總評當作最後一擊——設計圖不是用來描繪妄想的東西。

「我受夠了。每天都只能看資料或別人的作品，完全無法自由發揮。就算說想做自己的東西，媽媽也只會說『你還沒到那個階段，必須先成為一個完美、甚至超越完美的魔道建築者才行』。」

「嘎哈哈哈哈！你媽媽還是一樣嚴格呢！」

諾薇米大聲笑道，然後看向在一旁低著頭舔棒棒糖的少年側臉。

「——你不想當魔法師了嗎？」

她靜靜地問道。少年沉默了一會兒後搖頭。

「……我不想放棄。我還沒做出任何東西。不過一直遇到需要忍耐又難受的事情，會讓心裡充滿討厭的情緒……然後不知不覺就騎著掃帚跑出來了。如果不在空中盡情大哭，感覺身體會就這樣爆炸。諾薇米有過這種經驗嗎？」

少年一問，少女就扠著腰點頭。

「有喔。雖然我不會飛，但經常有這種感覺。」

「真的嗎？」

「真的。我家開的店規模也不小，有許多麻煩的人際關係要處理。身為未來的老闆娘，我也必須連這些人一起照顧。」

少女聳肩說出成熟的發言。少年知道她並非在逞強或爭面子。她家是這座城鎮第二大的布料店，當初看準開發會帶來商機而創設的店，這十幾年業績持續攀升。

不過急速成長總會替內外帶來摩擦，身為長女的她自然無法置身事外。在這個鄉下城鎮，十歲已經算是半個大人。她能否展現出作為一個老闆娘的資質，也會影響家裡的風向。

其實她應該沒有閒工夫在這裡陪自己舔糖果。即使隱約察覺對方的狀況，少年還是來見她了。因為這個大他兩歲的少女，是少年有生以來的第一個朋友，並帶給他各種啟示。

「……怎麼了。要是覺得難受……」

「就要笑。」

少女立刻回答，然後對驚訝的少年露出無畏的笑容。

「我想哭的時候都會笑。而且是大笑到連周圍的人都會嚇一跳的程度。只要這麼做，局勢就會神奇地改變。我的笑容能讓大家變得積極一點。雖然有時候也會被罵太吵了——嘎哈哈哈哈！」

少女發出會讓其他路人嚇一跳的笑聲，然後停下腳步轉向少年。

「所以如果你以後遇到讓你想哭的事情，就舔糖果吧。」

「……舔糖果？」

「沒錯。只要嘴巴裡有甜甜的味道，就能稍微忘記難過的事情吧。」

她舉起舔過的糖果說道。打從她第一次遇到少年起，每次見面都會給他的糖果，是他們用來止住淚水的魔法。

「然後立刻大笑。用連你媽媽都會嚇一跳的聲音，把哭泣用的能量全部拿來笑。糖果等於笑容，笑容等於無敵。只要記住這個簡單的公式，你以後一定也沒問題。」

諾薇米露齒一笑，堅定地向少年保證。少年總是覺得很不可思議。無論自己的內心有多消沉，只要看見那個笑容就能立刻豁然開朗。

「如果這麼做之後還是想哭——隨時都可以來這裡。我一定都會在。只要聽見你的哭聲，就會立刻飛奔過去找你。」

立下這個約定後，少女繼續往前走。少年急忙跟上，在朝陽的照耀下，少女轉身露出閃耀的笑容，有些害羞地說道：

「所以——總有一天，你要讓我坐在你的掃帚後面喔，愛哭鬼恩里科。」

許多金伯利教師在他們各自的魔道領域都是最尖端的研究者。

所以他們的研究內容必然會對外保密。即使他們在校舍內都有各自的工房，但真正重要的研究通常不會在那裡進行，而是在迷宮的深層——通常會利用「第四層的障礙」，設置在第五層以下的地方。

恩里科．佛傑里的情況也一樣，在往來充滿貴重資料的「深淵大圖書館」和工房時，一定會利用螺旋迴廊。而且這個老人原本就喜歡這條安靜的通道，他會讓充當隨從的泛用魔像跟在自己後面，然後看著從圖書館借來的書走很長一段距離。

這時候就是埋伏的好機會。

「——嗯？」

恩里科突然從前方感覺到氣息，於是停止閱讀抬起視線。

在前方約二十碼處站著一個人影。雖然看起來是個身材不算高大的學生，但無法辨識細節，應該是用了某種妨礙認知的術式。老人推測是那個遮住臉上半部的面具的效果，他停下腳步，隨口向對方搭話。

「——真難得在這條迴廊遇見學生。找我有什麼事嗎？」

沉默了一會兒後，人影回答了這個問題。人影的聲音同樣被魔法加工過，聽不出性別。

「大曆一五二五年，四月八日晚上。你人在哪裡，做了什麼？」

不過這個問題倒是讓人聽得十分清楚。老人用手扶著下顎思索。

「一五二五年的四月八日——原來如此，是那天啊。我當然記得很清楚。因為那天特別忙碌。我和一群不好相處的好友前往一個偏僻的地方，去拜訪一座魔女的祠堂——」

恩里科懷念似的說道，而且語氣十分流暢。

「——我們花了很長的時間，仔細地將一個學生折磨致死。」

他毫不猶豫地說出自己的回憶。此時人影再次問道：

「……你這麼做時，都在想什麼？」

「這個問題很難回答。很難用言語來說明當時的心情。」

老人裝模作樣地用手扶著額頭，嘴角微微上揚。

「敲碎這世界上獨一無二的寶石，再用鞋底踐踏時的悖德感和喜悅——像你這種年輕人應該沒有體驗過吧？」

恩里科說這句話時像是在開導不聽話的孩子。對此，人影淡淡地回答：

「沒錯，我怎麼可能會懂……我只知道一件事。那就是被你們背叛、粉碎、踐踏的她——在那個瞬間的悔恨。」

雙方根本無法溝通。再次確認過這個事實後，人影——奧利佛解放一直拚命壓抑的殺氣。與此同時，通道的前後都開始出現氣息。恩里科環視周圍，發現多了許多人影。每個人都戴著面具，穿著讓人無法辨識年級的制服。

「是要替那件事報仇嗎？這樣看來——你們和達瑞斯的失蹤也有關吧。」

老人用手扶著下顎低喃。即使被團團包圍，他依然毫無動搖，甚至在享受這個狀況。

「人數充足，選擇的地點也不錯。看來是擬定了相當周詳的計畫。再加上於學校內外都有組織化的人脈——不錯。這種認真的態度非常好。」

恩里科分析完後還不忘做出評價。奧利佛已經不打算繼續聽老人說話——同時，背後的同伴們也理解少年的意圖。

「——展開吧，夏儂。」「嗯。」

夏儂立刻點頭回應格溫的指示。瞬間突然好像有「什麼東西」以她為中心朝周圍擴散。這種像是被看不見的毛毯蓋住的不協調感，讓恩里科皺起眉頭。

「——嗯？剛才好像有什麼——」

「「「「「「**雷光奔馳！**」」」」」」

「「「「「「**熊熊燃燒，不留灰燼！**」」」」」」

從前後傳來的詠唱打斷了老人的話。由咒語展開的波狀攻擊襲向老人，閃光和濃煙遮蔽了他的身影。確認我方先發制人後，奧利佛退到往前進的同志們後方。

「先用單節咒語封鎖行動，再用不同屬性的二節咒語擊垮對手——真是不錯的招呼呢。」

在逐漸消散的濃煙中響起一道開心的聲音。等奧利佛等人的視野恢復後，就看見老人在堅固裝甲的保護下，站在自己使喚的多腳魔像上。看來咒語的集中攻擊並沒有奏效，無論魔像或老人都毫髮無傷。

「那麼，開戰吧——嘎哈哈哈哈哈哈哈哈！」

老人用雙手的手指夾住從袖子裡取出的八根棒棒糖，一口氣咬碎。恩里科做出開戰宣言後，六隻腳的多腳魔像就開始以快到肉眼跟不上的高速移動。那與奧利佛之前在課堂上看到的動作明顯不同，所有腳的尖端都是可從各種角度迴轉的球體，能夠做出複雜又精密的移動。

「是球體車輪的多腳魔像……！」「攻擊它的立足點！」「**瞬間爆裂！**」

同志們丟出手上的魔法道具，搭配咒語勉強破壞路況，再試著用咒語射擊。恩里科的魔像在被瞄準的情況下順著衝勁爬上通道的牆壁，讓落空的魔法空虛地擊中牆面。圓筒狀的通道對球體車輪十分有利，魔像碾碎同志們丟出的障礙物，在地板、牆壁和天花板自由移動。如同奧利佛的預料，老人果然帶著適合這個地形的魔像。

「嘎哈哈哈哈！我也要攻擊嘍，**雷光奔馳！**」

除此之外，老人還在高速移動時透過裝甲的縫隙發出咒語。即使正被三十二名魔法師集中攻擊，載運自己的魔像也活用球體車輪的特性以各種複雜詭異的軌道閃避，他的反擊依然精準得可怕。擊向其中一名同志的魔法，被其他同伴勉強用對抗屬性抵銷。

「不要慌張。前後的退路都已經被我們堵住了。」

格溫開口要同志們冷靜，不過就算他不這麼做，也不會有人因為這點程度的事情慌張。對手是金伯利的教師，原本就沒人認為能夠輕易打倒他。

「無論動作再怎麼靈活，在封閉空間內也還是會受到限制，一步一步封住他的行動。」

他們在短暫的交戰中已經快速看穿敵人的行動，老人還是會提防大火力的攻擊，不會跑向被三名以上的魔法師警戒的方向。同志們已經反過來利用這點引誘老人。他們刻意替魔像留下退路，引導他前往下一個地點——

「——唔。」

恩里科一抵達牆上的某個地點，所有杖劍就一起瞄準那個事先預測的地方。格溫將老人迴避的可能性考慮在內，下達指示：

「——『攻擊整個面』！」

橫向的重壓將魔像按在牆面上。這種程度的攻擊還不足以讓魔像停止行動，不過為了抵抗壓力，魔像的多隻腳同時向牆壁施力。

「「「「「「**用力壓制！**」」」」」」

「「「「「「**受我牽引！**」」」」」」

「——嗯？」

他們就是瞄準了這一瞬間。配合魔像朝牆壁施力的動作，同志們反過來利用那股力道，施展咒語將魔像拉離牆壁，讓魔像和上面的恩里科一起飛到空中。魔法師們立刻瞄準露出破綻的敵人——無論球體車輪再怎麼優秀，只要腳沒著地就無法發揮效果。

「「「「「「**爆裂粉碎，化為塵埃！**」」」」」」

在魔像著地前，魔法師們有充分的時間詠唱，超過二十發的二節咒語襲向魔像。咒語命中後發出爆炸聲和閃光。因為這次是瞄準敵人毫無防備的時候，造成的打擊一定會比第一次大。預測敵人這次應該不會毫髮無傷的奧利佛，緊張地嚥了一下口水。

「……呃——」「……啊……」

「————！」

在他的眼前，三名同志口裡冒著煙倒下。出乎意料的發展，讓周圍同志的表情都僵住了。

「發生什麼事了？」

「咒語失控了！」「不是失誤！是被某種東西干擾了！」

奧利佛也同意其他人的分析和預測……二節以上的咒語威力強大，相對地只要失控就會傷害到施術者。不過在他們之中沒有人會在這種關鍵場合犯下平凡的失誤，更何況還是一次三個人。明顯是有什麼原因害他們失控。

「……嘎哈哈哈！剛才的攻擊不錯喔！」

多腳魔像彷彿要趁勝追擊般從濃煙中竄出。裝甲的表面充滿焦痕和凹陷，但表露在外的損傷就只有這種程度。出乎意料的結果，讓同志們咂嘴地喊道：

「……敵人健在！魔像損傷輕微！」

「未免太硬了吧！」「那個外殼不可能這麼堅固，到底是藏了什麼機關？」

眼前的多腳魔像從設計來看明顯是偏向機動性。無論是怎樣的天才用了什麼樣的素材設計，都不可能堅固到能夠承受二十發二節咒語的集中攻擊。而這正是透過魔道工學的理論推導出來的構造極限。

「……夏儂，捕捉到了嗎？」「……嗯，我知道怎麼回事了。」

最先解開這個矛盾的，是站在格溫身旁的奧利佛的大姊。她在自己展開的「某個領域」內，察覺了微小但明確的異變——夏儂道出真相：

「……『到處都有許多微小的物體』，很像精靈……但又不太一樣。」

儘管這個說明不算充分，但已經夠奧利佛和格溫釐清狀況。敵人魔像的異常防禦力，同伴們的咒語失控——奧利佛懷抱著確信，說出能夠解釋一切的答案：

「——小心干擾魔法！原因是大氣中的奈米魔像！」

這個警告在同志們間掀起一陣騷動，同時多腳魔像也瞬間停止動作。

「——喔，被看穿啦。」

從裝甲的縫隙裡傳出恩里科佩服的聲音。奧利佛舉起手讓同志們暫停反擊。

「只靠剛才那些資訊應該無法得出這個結論，大概是事先就做好假設，再現場驗證吧——表現得非常好。」

老人開心地說道。奧利佛沒有打斷對方，跟著接話——配合這個新發現的事實，同伴們也需要重新擬定戰略，這時候還是先爭取時間比較好。

「……恩里科．佛傑里，這就是你研究的核心嗎？」

「正是——這是很理所當然的想法吧。為了獲得極大的成果，必須先鞏固好極小的部分。只要看過我的幾篇論文，應該就能理解。」

恩里科像是在獎勵答對問題的學生般，揭曉自己的手法。即使會對自己造成不利，這個老人依然毫無忌憚。只要眼前有學生在，他就會將自己當成教師。

「你們應該都知道有些魔獸會和精靈建立共生關係吧。在這個地方，我和大氣中的奈米魔像也是類似的關係。當然不是共生關係，而是完全聽我的命令。只要是針對我的攻擊，奈米魔像都會自動產生反應加以抵銷或轉移方向。」

這就是那異常防禦力的真相。妨礙咒語攻擊的並非多腳魔像，而是飄浮在其周圍的奈米魔像。就像曾和奧利佛戰鬥過的紅王鳥受到風精靈的守護一樣，這裡也有無數的奈米魔像在保護恩里科，而且其防禦能力遠勝紅王鳥。

「當然不是只能防禦而已，只要讓奈米魔像移動到你們那裡，就能直接進行攻擊或干涉魔法使其失控。如各位所知，咒語在剛發動時最不穩定。」

奧利佛咬緊牙關……這招的原理和他過去對紅王鳥使用的干擾魔法很像。之前參觀工房時，恩里科應該也是用同樣的手法擊昏奈奈緒。最可怕的是，如果不知道奈米魔像的存在，幾乎不可能有方法應付。

「那麼，你們打算怎麼辦？你們是為了削弱我的戰力才選擇在這裡開戰，但情況並非如此。畢竟這裡現在除了我和這具泛用魔像以外——」

恩里科說到這裡稍微停頓了一下，接著他底下那具魔像腳與身體連接的地方突然噴出許多發光的氣體。原本藏在魔像內部的物體被噴灑到空中，閃閃發亮的霧氣包圍了多腳魔像。周圍的所有人都立刻察覺——老人是為了讓他們能夠看見才刻意使其發光，那些發光體就是奈米魔像。

「——還有約『兩百兆具』奈米魔像，在數量上是我『略占』優勢呢。」

恩里科諷刺般的說道。老人明明可以無聲無息地放出肉眼無法辨識的奈米魔像，卻刻意使用這種方法。這是為了讓眼前的學生們明白與自己為敵有多可怕，以及充分享受他們的抵抗。

「你們打算怎麼應付？用風吹散？用高溫焚燒？用低溫冷凍？把你們想得到的方法全都試一次吧！」

奧利佛看著奈米魔像消除光芒融入空間，判斷這些手段應該都沒什麼效果——到頭來，還是只能讓咒語的威力和奈米魔像的干涉力較勁。在奈米魔像密集的空間，即使集結了那麼多二節咒語還是會被偏離方向，再加上敵人能夠不受地形限制移動，實在不太可能集中更強的火力。

但奧利佛在心裡轉換思考方向——奈米魔像不可能「均勻地分布在這個寬廣的空間」。一想到這裡，他就將杖劍高舉過頭。

「使用紅色！跟我複誦！**濃霧飄散！**」

「「「「「**濃霧飄散！**」」」」」

同志們跟在奧利佛後面一齊詠唱咒語。杖劍前端產生紅色的霧氣，並順著氣流朝周圍擴散。

「……喔。」

恩里科佩服地讚嘆。那些霧氣不帶有任何魔法方面的效果或屬性，只是「單純的紅色氣體」，所以奈米魔像不會對其產生反應。

迴廊裡颳起了一陣風，許多紅霧隨風飄散。另一方面——以多腳魔像的周圍為中心，被染紅的空間裡出現了顏色深淺不一的區域。

「——『留下痕跡了呢』。」

奧利佛看著被染紅的空間說道——尺寸和微生物一樣小的奈米魔像無論是要停留在同一個空間

或是移動，都會對周圍的空氣造成影響。因此只要奈米魔像的密度愈高，那裡就會殘留愈多紅霧。

「恩里科，你有辦法命令那些奈米魔像『去除那些紅霧』嗎？」

不用對方回答，奧利佛也確信不可能。如果下達這樣的命令，會讓恩里科失去防禦的手段。因為奈米魔像無法感應「單純的紅霧」，不管要用什麼手段去除紅霧，都必須由恩里科親自指揮。換句話說，「這段期間奈米魔像將無法自動防禦」。

「你可以試試看——但我們不會放過那個破綻。」

少年殺氣騰騰地說道——放眼世界，目前微米等級的魔道工學仍是由恩里科獨占的領域。既然如此，就算想直接干涉奈米魔像也很可能會失敗。如果有許多時間嘗試也就算了，但雙方正在搏命廝殺。

不過，他們可是魔法師。這不是他們第一次處理肉眼看不見的東西。就像靈魂那樣，即使無法直接觀測依然能夠操控。只要能像這樣捕捉到蹤影，奈米魔像就不再是看不見的威脅。

「再加上這裡無法從迷宮汲取魔力。要使喚這麼多奈米魔像，應該得消耗龐大的魔力。佛傑里，這對你年邁的身體有點太辛苦了。」

「嘎哈哈哈哈！不錯！很久沒有人把我當成老人看待了！那就來試試看吧。是我先喘不過氣，還是你們會先站不起來——！」

雙方不再執著於已經能夠看見的奈米魔像，載著恩里科的多腳魔像開始在紅霧中移動，奧利佛則是對立刻用咒語攻擊恩里科的同志們下達指示：

「……集中咒語讓奈米魔像的分布產生偏移，同時至少要破壞多腳魔像的兩隻腳，趁他迎擊時露出的破綻破壞魔像的裝甲，無論如何都要讓恩里科的身體暴露在外。」

只要觀察紅霧的動向，就能看穿奈米魔像對魔法進行的干涉。在咒語被抵銷或彈開的時候，攻擊路線上的空間一定會變成深紅色。與此同時，只要一個地方的顏色變濃，其他地方就會變淡。既然奈米魔像並非無限，這也是理所當然的發展。即使兩百兆這個數字是真的，依然不足以遍布這條廣大的迴廊。

「——之後就由我來解決他。」

總算看到終結這場戰鬥的可能性了。實際感受到這點，讓奧利佛顫抖地握緊杖劍——只要進入一步一杖的距離，老人就逃不掉了。可以用魔劍確實地擊敗他。

「嘎哈哈哈哈！你們的行動不再猶豫了！很好，非常好！」

像是在配合他們的反擊般，多腳魔像利用球體車輪做出更加俐落又複雜的動作。

先逼敵人防禦咒語，再瞄準紅霧變淡的地方發射下一道咒語——光是這樣就能持續妨礙恩里科靈活自在地操控魔像。這讓奧利佛等人切身體會到一件事。這個老人不只是個魔道建築者，同時也是個超一流的魔像操縱者。

「首先要封住魔像的腳——**緊縛**。」

但只要是由人操縱，就一定會有特定的傾向。其中一個同志在至今的戰鬥中看穿了這點，瞄準只有一瞬間的紅霧縫隙，用咒語擊中了魔像的其中一隻腳。魔像的動作立刻變遲鈍，恩里科隨即發出讚嘆：

「這個缺乏纖細又蠻橫的咒語……！Ms.卡莉！是妳對吧！」

「啊哈哈！說得太過分了吧！雖然我魔道工學的成績確實是不怎麼樣！」

同志們立刻一齊發射咒語，卡莉也配合同伴毫不猶豫地衝上前，即使被擦身而過的魔法燒傷也毫不在意。在她眼前，多腳魔像正試圖逃離集中砲火——早已預測到這個動作的卡莉橫向揮出杖劍。

「……什麼！」

老人驚訝的聲音響徹迴廊。伴隨著一道金屬碰撞聲，魔像被砍斷的腳掉落在地。這是至今最嚴重的損傷。

提防敵人反擊的卡莉立刻拉開距離，然後笑著說道：

「拿下一隻腳了——破壞別人的作品不需要纖細吧。難道不是這樣嗎？恩里科老師。」

「嘎哈哈哈哈，說得真是露骨！就只有妳，我絕對不想收為弟子！」

「啊哈哈哈！老師不能說這種話吧——！」

兩人的笑聲在迴廊內迴響。這段對話讓奧利佛背上竄起一陣寒意……即使已經維持六年的師生關係，兩人仍一面輕鬆地挖苦說笑，一面互相殘殺。這就是魔法師的戰場。

「「「「「**爆裂粉碎**！」」」」」

其他人像是早已久候多時般，一齊用咒語攻擊少了一隻腳的多腳魔像。恩里科試著像之前那樣閃躲，但動作明顯變遲鈍了。正因為至今都靈活地使用六隻腳移動，少了一隻腳算是相當嚴重的損失。老人自己當然也很明白這點。

「繼續防禦只會持續被消耗！好吧——改變戰術！」

恩里科話音剛落，包圍多腳魔像的紅霧就有一半朝周圍的空間擴散，同志們也跟著提高警戒。眼前的景象代表敵人的防禦力大幅下降——但絕對不只如此。

「**雷光奔馳！**」

魔像繼續高速移動閃避集中砲火，老人在魔像內部詠唱咒語，從裝甲縫隙射出普通的電擊咒語。雖然金伯利教師的火力不同凡響，但只要拉開足夠的距離就能輕易閃避。在咒語路線上的幾名同志從容地躲開——沒想到電擊卻在空中轉彎，同時擊中了其中兩人。

「呃啊——」「——唔……」

「什麼？」「剛才的攻擊是怎麼回事……！」

出乎意料的損害讓同志們大為動搖。恩里科在這段期間也持續詠唱咒語，這些攻擊都在空中大幅改變方向襲擊他們。這種變化明顯不符合常識。

六人接連被擊倒，但同志們仍毫不膽怯地分析狀況。跟剛才不同，紅霧不知何時聚集在空中的幾個地方，魔法一通過那裡就會改變方向。幾名同志察覺其中的原理後接連喊道：

「該不會……是透過奈米魔像改變了咒語的軌道？」

「小心點！攻擊可能會從各種角度過來！」

「正確答案！下一波要來嘍！**雷光奔馳！冰雪狂舞！烈火燃燒！**」

咒語不停從四面八方來襲，察覺難以全部擋下後，同志們立刻瞄準紅霧聚集的地方攻擊。首先是用起風咒語加以驅散——但散開的霧氣立刻重新在其他地方聚集，成為新的改變軌道地點。也有人試著用魔法氣泡關住奈米魔像，但氣泡立刻被從內部干涉破裂。更糟糕的是，恩里科還會趁他們做這些事情時用咒語攻擊。

「可惡！不只是會轉彎而已！」「從正面發出的咒語居然出現在正後方！」

同志們一直找不到有效的應對方法，短短幾十秒內就有八人倒下。雖然可以集中精神張開結界防禦，但這樣攻勢就會變弱，讓勝算變得更低。

「……大哥，該你出場了。」

「交給我吧。」

奧利佛擬定好對策，對眼前的大哥下達指示。格溫立刻架起背上的弦樂器，右手拿著用白杖改造的琴弓開始演奏。

「看招，還不會這麼快結束喔！**雷光■■！**」

恩里科繼續追擊，然而——出乎他的意料，杖劍居然沒有反應。

「……嗯——？**■■奔馳！**」

老人疑惑地再次詠唱咒語，但一道尖銳的聲音抵銷了他的詠唱。同志們沒有放過這幾秒鐘的空檔，用咒語的夾擊限制他的退路，另外兩人則是先繞到他閃躲的方向揮下杖劍。其中一把杖劍將多腳魔像的腳從中間砍成兩段。

「這樣就兩隻腳了……佛傑里，你大意了呢。」

奧利佛察覺離勝利又更近一步後，開口說道。面對這個出乎意料的反擊，這次換恩里科分析狀況。他看向拿著弦樂器的格溫。

「利用魔音妨礙詠唱——而且只針對我的音域，這種高超的技巧。Mr.格溫，沒想到你也在這裡。」

「恩里科老師，獻醜了。」

被點名的格溫裝出恭敬的樣子，但語氣十分地不屑。他自己也知道這麼做會暴露身分。他演奏的魔音與已經去世的卡洛斯・惠特羅並列，都是世間罕有的特殊技能，在金伯利只有他會使用。

「既然如此，你旁邊的人就是Ms.夏儂了……居然能拉攏到舍伍德兄妹，真是令人驚訝。」

恩里科看向站在格溫旁邊的夏儂，以及在他們背後的人影。老人總算開始在意自己的對手是誰了。

「——率領這群人的學生，你又是哪位？」

「不用擔心，我會告訴你的——在你臨死之前。」

在兩人對話的期間，戰鬥仍在繼續。失去兩隻腳的魔像動作變得遲緩許多，現在已經完全被同志們包圍承受集中砲火。恩里科被迫將所有奈米魔像用在防禦上，但他先前之所以能夠平安無事，是因為靠高速移動避開了大部分的咒語。如果是正面承受這些攻擊，即使是恩里科也撐不久。

「嗯——現在的戰鬥方式對我不利。那就徹底換個方式吧。」

奧利佛持續尋找衝上前用杖劍攻擊的時機，沒想到恩里科的多腳魔像居然開始急速變形。而且並非細部的變化，而是像重新捏黏土般連骨架都在改變。

「快點阻止他！」

察覺現在是勝負關鍵的奧利佛接著用咒語攻擊。同志們也跟他一起將火力提升到最大——面對這波攻勢，奈米魔像開始旋轉，在恩里科周邊形成一道像龍捲風的防壁，強硬地將咒語都擋在外面。這是操作者投入龐大魔力進行的抵抗，所有人都認為這道防壁撐不久，不過——龍捲風的內部也持續在變化。

剩下的四隻腳當中，有兩隻變成細長又銳利的手臂，另外兩隻則是變成又粗又強壯的雙腳，原本容納恩里科的身體部分也變成精簡的流線型——短短的十幾秒，多腳魔像就變成了像是將人和肉食動物合體的凶暴外表。尺寸本身也大幅縮小，如今與其說是「載著」恩里科，不如說是「包覆在他身上」。

「讓你們久等了——來，繼續吧。」

彷彿生物在呼吸般，新魔像透過身上的吸氣口將附近的奈米魔像全吸進體內。由於其防禦也因此變得薄弱，終於再也擋不住咒語的集中砲火。

就在每個人都以為分出勝負的瞬間——「那個」卻在被咒語擊中之前，以爆發性的速度跳到正上方。

「──？」「在上面！」

同志們追蹤敵人的氣息將杖劍指向天花板，但出乎意料的是，敵人已經不在哪裡。

「不對，在側面。」

旁邊突然傳來聲音，聽見這句話的同志「腰部以上的部分被砍飛」，大量鮮血和內臟散落一地。只揮了一下手臂就造成這種結果的魔像悠然地站在那裡，另一個同志立刻砍了過去──但在他的杖劍揮空的同時，肚子上已經多了一個洞。

「嘎哈哈哈哈！不好意思，不小心戳得太用力了！」

鋼鐵雙手沾滿鮮血的恩里科狂笑。奧利佛咬緊牙關瞪著他。雖然那兩人都幸運地沒有當場死亡，但現在沒有餘力好好治療他們。趁老人分心的期間，附近的同志只幫他們進行最低限度的止血，就將傷患丟在旁邊。

即使對同志的慘狀感到痛心，少年還是努力將精神集中在眼前的敵人身上。事到如今，居然又出現了新的威脅。

「……魔像的強化外骨骼……！」

「喔，連這個也知道啊，看來你有好好用功。」

老人佩服地說道。相較於這若無其事的反應，奧利佛很清楚那是多麼超越的技術。不，不只是強化外骨骼，包含剛才折磨他們的奈米魔像在內──這一切都是「照理說無法在現代實現的魔法技術」，原本都是只存在於論文中的概念。

「很帥氣吧。藉由讓奈米魔像在機體內部循環，同時實現了輕量化和高出力兩個目標。缺點是構造上能夠攜帶的燃料有限，導致使用者必須消耗大量的魔力。因為是我才有辦法操縱，如果是魔力量低的魔法師，應該幾秒鐘就會被吸乾吧。」

這個瘋狂老人獨自活在領先時代一百年的地方。在切身體會到這個事實的瞬間，姑且不論對他的人格有何想法，奧利佛不得不承認一件事——那就是恩里科·佛傑里這個魔法師是貨真價實的大天才。

「話雖如此，以試做品來說還算不錯。因為能夠提升魔法師的身體能力，所以擺脫了魔像通常會很沉重的弊病。不過由於會吸取魔力，因此不太能用二節以上的咒語，相對地——」

話說到一半，魔像的身影突然從奧利佛等人眼前消失，察覺敵人接近的兩名同志立即砍向氣息出現的方向——但他們慣用手肩膀以下的地方也同時消失。

「——能夠做到這種野蠻的戰鬥方式。怎麼樣，感覺還不錯吧。」

恩里科舉起剛摘下的兩條手臂說道。那天真無邪的語氣，就像一個在炫耀新玩具的孩子。

「老師，這種遊戲應該跟我玩啊——！」

卡莉將失去杖劍的兩人推到旁邊，自己站上前線。對魔法劍有自信的成員們也跟著加入，開始和穿著外骨骼魔像的恩里科打近身戰，但動作的俐落程度還是相差太多，老人輕易就躲開了所有斬擊。其他同志為了避免誤傷同伴，也無法用咒語支援，就連卡莉光是要避免遭到致命性的反擊，就竭盡了全力。

「……唔……」

外骨骼魔像展現出壓倒性的性能。即使戈弗雷在場，也難保他能夠和那具外骨骼魔像近身交戰。原本只差一步就能贏得勝利的狀況再次回到起點——就在奧利佛思考下一步該怎麼辦的期間，躲不過敵人攻擊的同志們仍持續一一倒下。

「……大姊，準備用『那個』。」

現在已經沒有隱藏王牌的餘力了。做出這個結論的奧利佛一下達指示，夏儂就驚訝得縮起身子，但格溫舉起手制止奧利佛。

「『還不到時候』——相信高年級生吧。」

他堅定的聲音強硬地讓奧利佛恢復冷靜——他們繼續觀察戰況，此時發生了小小的變化。

「——嗯？」

鋼鐵磨損的聲音響起。沒有完全躲開杖劍的恩里科發出疑惑的聲音。同志們繼續發動攻擊，原本完全被恩里科玩弄在手掌心的同志們開始逐漸能夠擊中外骨骼魔像。除了他們愈來愈習慣戰鬥外，還有另一個主要原因。

「……動作變慢了？」

在外圍觀察戰況的奧利佛看得很清楚，外骨骼魔像的機動性明顯比一開始弱了不少。每個動作都像是背負著重物般變得沉重。

「總、總算生效了——恩、恩里科老師，你無謂的動作太多了。」

一道陰沉的聲音加入戰局。老人看向聲音的主人，開口說道：

「Mr.羅伯特……是你的詛咒嗎？」

「百貫龜，一、一千隻份的詛咒，就──就算是老師，也會覺得重吧。」

只要集中精神凝視，就會發現外骨骼魔像全身都纏繞著黑影──那是重壓詛咒。按照詛咒守恆定律累積了詛咒的小型個體，在被施了迷彩處理後散布在地上，跟其他同志灑出的障礙物混雜在一起，恩里科在戰鬥一開始時就不知不覺地踩到了牠們。因為只有魔像的重量足以踩破甲殼，所以同志們都不會被波及。最後是透過延遲發動術式先隱藏了詛咒效果，等時間到再按照踩破的數量替老人施加重量。

「**緊縛**──老師，下一擊也躲給我看看吧。」

卡莉用束縛咒語展開追擊，讓恩里科的腳步瞬間被限制住。

「「「「**冰雪狂舞**！」」」」

「「「「「**爆裂粉碎，化為塵埃**！」」」」」

這一瞬間就足以顛覆戰況。先用單節咒語封鎖其行動，再以二節咒語集中砲火──從一開始就反覆使用了好幾次的基本戰術，在這一刻達到最大的效果。當對方將奈米魔像吸入體內後，就無法像剛才那樣防禦。當速度降低到無法躲過他們的所有攻擊時，外骨骼魔像就等於已經落敗了。

「嘎哈哈哈哈！幹得漂亮！你們幹得真漂亮！」

在魔像即將被咒語破壞前，一道刺眼的閃光炸裂開來。恩里科趁同志們的視野被染成一片空白時，讓自己搭乘的身體部分卸下四肢，然後彈射到上空。

「別讓他逃了！」

奧利佛立刻指示同志們追擊。大概是藉由排出體內剩餘的奈米魔像作為推進力，老人搭乘的外骨骼魔像的身體部分用足以和掃帚匹敵的速度在空中飛行。他的目標是螺旋迴廊的深處。雖然那裡事先設置了防止脫逃的結界，但恩里科毫不猶豫地衝過去。至今的戰鬥已經讓能夠迎擊的人員大幅減少。

「不錯的結界！可惜還不夠厚！」

恩里科像鑽孔機一樣持續迴轉，貫穿結界壁。雖然他花了五秒鐘，但機體撐過了這段期間的追擊。破爛的機體在抵達結界對面後墜地，那股衝擊讓外殼徹底碎裂。失去魔像保護的恩里科立刻原地起身──

「──嘎哈？」

一把沒有散發任何氣息的刀刃刺向恩里科的心臟，老人幾乎是靠直覺勉強舉起杖劍抵擋。被錯開的攻擊深深劃開側腹，讓老人在這場戰鬥中第一次流血。

「──妳是誰？」

在驚訝的恩里科面前，一個隱形的少女毫不鬆懈地與對手拉開距離──她是泰蕾莎．卡斯騰。只有她從一開始就在結界外側待命。她徹底隱藏氣息埋伏起來，打算找機會給恩里科致命一擊……但即使突襲成功，她的刀刃依然無法奪走老人的性命。

「嘎哈……嘎哈哈哈哈！嘎哈哈哈哈哈！」

恩里科不再注意她，狂笑著衝進螺旋迴廊深處。他的鞋底裝著球體車輪，一下就拉開了很長一段距離。同志們解除結界騎掃帚追擊，泰蕾莎也跨上掃帚緊跟在後。

「……我沒能取他性命，真是太丟臉了。」

「不，妳做得很好——別讓他逃了！敵人已經受傷了！」

在這個狀況讓他受傷有很大的意義。奧利佛抱持著這樣的確信，與同志們一起追擊恩里科。

恩里科全速通過螺旋迴廊，學生們則騎著掃帚在後面猛追，那股執著和殺氣刺得他的背部隱隱作痛。

「——嘎哈哈哈！嘎哈哈哈哈……！」

老人躲開從背後襲來的冰雹，用對抗屬性抵銷咒語持續奔跑。在這種平坦的地形，球體車輪鞋全力奔跑的速度不會輸給掃帚的飛行速度。至少不用擔心會在這條通道裡被追上。

恩里科已經失去了泛用魔像和奈米魔像。學生們將他逼到這個地步的巧妙作戰和背後的殫精竭慮，讓他心裡喜不自勝。

「——身為一名教師！再也沒什麼比這更令人開心的事情了！」

恩里科歡喜不已，覺得能夠指導他們真是太好了。即使學生們都在背後奮力追殺他，恩里科仍對自己的遭遇感到欣喜——

奧利佛等人穿越了長達數公里的管狀迴廊——但從中途開始，皮膚感覺到的空氣就產生了很大的變化。和保持良好環境的圖書館層不同，這裡充滿了乾燥的熱空氣。

「——小心點！進入第五層了！」

一穿過迴廊，第五層「火龍峽谷」的景象就出現在他們面前。地形起伏很大的岩石區域形成了深谷，幾道擁有翅膀的身影在其中穿梭——這個階層的深谷像迷宮般不斷分岔擴展，許多龍會在壁面上築巢。由於大部分是強悍又好戰的種類，必須擁有能夠戰勝牠們的實力才能通過這個難關。

「別理會那些龍！」「專心追恩里科就好！」

帶頭的同志們尖銳地大喊。和棲息在第二層上空的鳥龍不同，統治此處天空的是貨真價實的翼龍。無論體格、飛行能力或凶猛程度和鳥龍都不是同一個等級，不成熟的學生如果誤入這裡，馬上就會被火焰吐息燒成焦炭。

不過同志們當然不會被這種程度的環境嚇到。他們施展咒語牽制翼龍，靈巧地操控掃帚穿過龍群的包圍網，緊追著靠球體車輪鞋滑下峽谷的恩里科。老人大概是判斷直接跳下去會在空中被攻擊，才會採取這種作法。掃帚上的同志們持續放出咒語，在接近絕壁的斜坡上移動的恩里科頑強地閃躲，不過——

「「「「「「**雷光奔馳！**」」」」」」

在抵達谷底的時候，老人陷入進退兩難的狀況。已經著地的同志們將背對山谷壁面的恩里科團團包圍，毫不留情地用咒語集中攻擊他。恩里科立即詠唱防壁咒語抵擋，但這明顯只是垂死掙扎。

「佛傑里，你選擇這裡作為自己的葬身之處嗎？」

這次真的是將軍了。恩里科已經沒有奈米魔像，即使想利用周圍的地面組成魔像，咒語也會先一步燒死他。下一波二節咒語的集中砲火，一定能突破老人的防禦。

「……動手！」

「「「「「「**爆裂粉碎，化為塵埃！**」」」」」」

奧利佛下達分出勝負的命令。合計二十一把杖劍呼應他的命令，朝恩里科放出魔法的光束。

「不──『可以亮相了』。」

足以擋住所有攻擊的巨大手掌突破岩石地面，阻擋在他們與老人之間。

「──什麼──」

大得誇張的手腕、手臂和肩膀從崩塌的岩石地後方現身。緊接著是宛如巨大樹幹的軀體和兩眼充滿怨恨光芒的頭部。高度超過三百英尺的巨大身軀全被剛鐵的金屬鎧甲包覆。更重要的是──從深處傳來宛如大鼓般的生命律動。

「諾爾！」「陛下，快退後！」

夏儂立刻將奧利佛拉到自己背後保護，擔任前衛的卡莉等人則是傻眼地仰望那具龐大的身軀。

「我可不會保留實力喔——如果用一般的魔像招待你們，對你們的奮鬥太失禮了。」

恩里科站在巨型魔像肩膀上，從遠離地面的高度笑道。面對這個不該存在的景象——想像中最壞的狀況，奧利佛咬牙切齒地說道：

「……機械神……」

那是過去曾在參觀工房時看見的巨大生物零件魔像。即使當時看到的是欠缺下半身的未完成品，還是給少年留下了極為震撼的印象。無論在何種情況下，他都不想與其戰鬥。因此挑選戰場時，必須選擇遠離收納巨型魔像的工房，這一帶應該也滿足這個條件。

「……你又做了一具嗎？」

但還是有一個可能性足以顛覆他們的所有計畫，那就是老人已經完成了第二具。

恩里科從奧利佛等人的反應判斷他們不是第一次看見巨型魔像，困惑地說道：

「連這個也知道啊。畢竟我曾經給有前途的學生看過。但有個地方需要修正。正確來說，這應該是機械神(Deus Ex Machina)，也就是男神。看仔細了——相較於你們所知的未完成女神，這具的外表是男性吧。」

老人指著自己搭乘的機械神進行說明。如他所言，相較於奧利佛之前看過的女神，這具魔像的骨架不僅較大，細部的設計也不一樣。

「做為同一概念的完成品，這具男神(Deus)是一號機。你們見過的女神(Dea)是建造中的二號機。怎麼樣，很帥氣吧？」

恩里科得意地說道。奧利佛等人緊張地仰望巨型魔像，此時腳底突然傳來一股震動。他們轉頭一看，就發現一隻四足步行的巨龍以驚人的速度穿越山谷衝向這裡。巨龍大到明顯超過三百英尺的身體覆蓋了一層宛如岩層的表皮，如果靜止不動甚至會讓人以為是地形的一部分。

「……是大地龍(Lindwurm)來了。」

格溫低聲說道。因為正面對決會很棘手，經過這裡的學生總是苦心思索如何才能不被那隻地龍發現。

「那傢伙太礙事了——解決掉牠吧。」

不過這種常識對已經和機械神會合的恩里科來說毫無意義。老人從頭部的開口跳進裡面的駕駛艙，站在原地面對來襲的龐大巨龍。

「GOOOOOOOOOOOOOOOOO！」

地龍發出震耳欲聾的吼叫衝了過來，看來牠很不滿有人入侵自己的地盤。彷彿能夠直接撞毀一座山的突襲——被恩里科用機械神的雙手正面擋下，就連一步都沒後退。

「嘎哈哈哈哈哈哈哈哈哈！嘎哈哈哈哈哈哈哈哈哈哈哈哈哈哈哈！」

機械神單手抓住地龍的脖子，恩里科把牠當成玩具甩來甩去。奧利佛完全無法介入，只能茫然地看著這場戰鬥——這個景象太不正常了。位居魔法生態系上位的地龍完全不是對手。即使體格相近，力量依然是天差地遠。

「哎呀，如果殺掉牠，會破壞這裡的生態系。」

恩里科嘟囔完後，隨手將已經口吐白沫昏迷的地龍丟到一旁。第五層的支配者就這樣動也不動地躺在谷底。恩里科接下來換從巨型魔像，也就是從駕駛艙看向上空的一群翼龍。

「你們數量增加太多了。稍微減少一點吧——**咒光奔馳**。」

巨型魔像呼應恩里科的詠唱舉起雙手，從前端射出紫色的光線。被光線擊中的翼龍們接連被燒爛墜落。雖然翼龍們有吐火反擊，但恩里科毫不在意，就像在打蚊子般單方面地減少翼龍的數量。

「嗯——魔力填充率不到百分之十呢。」

倖存的飛龍們逃跑後，恩里科活動機械神的手指確認運作狀況。

「雖然不及原本的性能，但畢竟是在調整中緊急啟動，儲備的『燃料』也不夠，這也是無可奈何的事。」

確認完狀況後，巨型魔像靈巧地轉身，恩里科重新面向奧利佛等人。被人從高處睥睨，讓同志們下意識地後退。地龍和翼龍們剛才感受到的那股絕望般的壓力，這次換重重壓在他們的身上。

「各位，我們繼續吧！如果無論如何都想殺我！應該要先擊敗我的最高傑作才合理吧！」

老人幹勁十足地說道。相對地，同志們都無法動彈。他們至今無論面對何種狀況都能毫不猶豫地行動，現在卻只能呆站在原地。他們不曉得該如何和這個怪物戰鬥，也不知道自己和同伴們會不會在一分鐘後全滅。

之前累積的戰果全都化為烏有。球體車輪多腳魔像、奈米魔像，以及強化外骨骼魔像——他們全心全力地克服了這些難關，但接下來居然要面對惡夢般的機械神。這是他們能夠設想到的最壞狀況，眼前的景象只能用惡夢來形容。

「──哈哈。」

然而，面對這樣的狀況，只有奧利佛一個人在竊笑。

「合理──？你居然要講道理？」

少年像是再也忍俊不禁般發出乾涸的笑聲。周圍的同志們都驚訝地看著他。

「別鬧了，佛傑里。不要突然學一般人講道理。你這個背叛學生並將其折磨致死的畜生，根本沒資格說這種話。」

說完後，少年正面瞪向機械神。面對這個絕望至極的狀況，他的鬥志──不對，殺氣依然不減。

「死得像條狗、像隻蟲子、像個垃圾──死得比你至今玩弄的眾多性命都要悽慘。這才是你最合理的死法。」

奧利佛在如此宣告的同時往前踏出一步，橫舉杖劍，然後朝背後的兩人──格溫和夏儂說道：

「大哥、大姊──『動手吧』。」

「……唔……！」

夏儂拚命搖頭。她平常不會這麼強硬地拒絕別人。即使比誰都要清楚背後的理由，奧利佛仍以鋼鐵般的語氣再說一次：

「我以君主的身分下令。夏儂‧舍伍德，解開封印！」

他這次呼喚的不是大姊，而是自己的臣子。夏儂的表情痛苦到彷彿隨時都會哭出來，一旁的格溫將手放在她的肩膀上。

「…………夏儂。」

他的呼喚說明了一切——已經沒有其他辦法了。

「……唔……」

因此她不得不動手——即使知道這將讓心愛的弟弟承受地獄般的痛苦。

「……**兩個靈魂**。」

夏儂下定決心，舉起白杖詠唱咒語。奧利佛一聽見她的聲音，就感覺身邊出現了懷念的氣息。

一個偉大的靈魂將他當成暫時的依靠。

「**融合吧，混合吧**。」

「……啊……」

那個靈魂與奧利佛的靈魂重疊融合，宛如將熔解的黃金注入內部。

「——呃——」

令人暈眩的灼熱和劇痛襲擊全身。整個身體都在反抗這波入侵，想要全力將那個靈魂擠出去。這是用來保護自己的防衛機制，但奧利佛靠自己的意志強硬地將那個反應壓了下來。這壯烈的矛盾讓他更加痛苦——不過就連這些都還只是前兆。

「——啊——啊——」

隨著黃金開始流入，少年逐漸產生變化，從魂魄到靈體，從靈體到肉體。魔力流的擴張和加速甚至改變了筋骨，比生長痛還要強烈數百倍的劇痛在全身爆發。這一波波的劇痛足以讓人發瘋，但少年用自己對敵人的無限憎恨蓋過這一切。

「——A——A——」

他像是自願飲下毒酒般完整地承受這股痛苦。諷刺的是，在逐漸消散的理性深處還是能感到一絲寬慰。相對於汙染母親靈魂的罪孽，這是最起碼的懲罰。

眼球的微血管接連破裂，從雙眼流出的血淚在面具上形成哭臉。

「——GAAAAAAAAAAAAAAAAAA！」

伴隨著一聲咆哮，少年跳了起來，站上遵循他的意志從背後飛來的掃帚。

奧利佛在高速飛行的掃帚上擺出下段的架勢，將刀尖藏在右側身後。這是不屬於基礎三流派的特殊架勢，也是過去和東方少女對決時他曾經稍微展露的戰鬥型態。

——克蘿伊流，解禁。

那是在重現已經失傳的絕技。將某個天才的靈魂一飲而盡，如今已經化為一顆彗星的少年，灑著血淚衝向機械神。

「**斬斷吧！**」

他在與巨型魔像擦身而過的瞬間揮下杖劍。透過切斷咒語使出的斬擊劃過機械神的肩膀，被砍下的剛鐵碎片在空中飛舞。

「──『只用單節咒語就砍下了裝甲』？」

恩里科驚訝地大喊。奧利佛一衝到巨型魔像背後，就立刻掉頭。機械神揮動雙手想要擊落他，但都被誇張的空中機動躲開。少年鑽過機械神的腋下，再次用切斷咒語攻擊巨型魔像的軀體。伴隨著刺耳的金屬聲，裝甲上又多出現了一道傷痕。

「……能夠斬斷剛鐵的切斷咒語。」

老人的聲音變得低沉，將機械神的雙掌對準空中的奧利佛。剛才用來驅逐翼龍的紫光，這次是以廣範圍散彈的方式橫掃前方。無論怎麼操縱掃帚，都不可能躲過這麼高密度的砲火。

「GAAAAAAAAAAA！」

然而──面對這波無法迴避的攻擊，奧利佛居然自己主動跳下掃帚。擺脫一人份重量的掃帚輕易穿過砲火，奧利佛本人則是不受重力限制地在空中踏步躲過所有光彈，然後再次於空中站上前來迎接的掃帚。

「……像雜耍一樣站在掃帚上，並搭配虛空踏步……」

少年連續施展用高超技巧也無法形容的絕技，完全脫離了魔法戰鬥的常識。另一方面，老人卻不是第一次看到這種戰鬥方式。恩里科向使用者問道：

「……這個劍法，你是跟誰學的？」

少年以瞄準機械神頭部施展的切斷咒語代替回答。恩里科用雙手擋下攻擊，執拗地繼續分析。

「……不對，即使本人親自傳授也沒人能夠學會。真要說起來──做出如此荒謬的動作，為什麼身體不會壞掉？」

少年不僅用脫離常軌的速度騎乘掃帚，還會更加超越極限地用虛空踏步在空中四處移動。照理說就連魔法師都無法做出這樣的動作。每次強硬地扭轉方向時，內臟應該都會跟著受損。恩里科記得自己也曾產生過相同的感想。

「……唔——」

但有一點明顯和當時不同，那就是少年在空中移動後會留下血色的飛沫。那已經不只是血淚，而是被染成深褐色的長袍再也無法吸收從他全身滲出的血液，所以才飛濺到空中。這讓恩里科改變了看法。

「……不對，確實是壞掉了，不過同時也持續被治癒。是不間斷地使用了能夠跟上肉體崩壞速度的治癒咒語嗎？是誰？從哪裡？又是怎麼做到的？」

早就應該被搞壞的身體，因為被某人治癒而勉強維繫。恩里科做出這樣的分析，但不曉得是誰用什麼樣的方法做到這點。少年本人一定沒有這個餘裕，他的同伴們又位於遠到無法提供這種支援的距離。何況治癒原本就是非常纖細的技術，按照常理只能在可以進行精密控制的領域魔法的範圍內進行，不可能對正在進行空中戰的人施展。

「GAAAAAAAAAAAAAAAAAAAAAAA！」

但現實否定了這些理論。即使正在崩壞卻仍勉強維繫，少年如今仍在繼續進行不合理的空中機動。染紅的眼球中寄宿著烈火般的殺意，讓恩里科久違地感到戰慄——他甚至在享受這種感覺。

「……真令人興奮。居然有這麼多讓人搞不懂的手法——！」

視野被從眼球滲出的鮮血染成紅色。永無止境的劇痛和憎恨讓意識變得斷斷續續。

「GAAAAAAAAAAAAAAAAAAAAAAAAA！」

全身的血管就像是有岩漿在裡面奔流一樣灼熱。奧利佛彷彿在用自己的身體展現何為地獄般持續戰鬥。

疼痛這個詞已經不具意義。持續崩壞的肉體裡寄宿著充滿裂痕的靈魂，他早已沒有不會疼痛的地方和瞬間。五感全被痛覺整合在一起，他只能透過一波波的疼痛獲得外界的情報。所以他不能失去疼痛。就像機械神是透過詛咒運作一樣，他現在是透過疼痛在運作。

從機械神的指尖射出好幾道咒光，每一道都具備能夠瞬間將肉體蒸發的威力，但少年以踐踏慣性般的方式在空中自由穿梭，躲過了那些攻擊。過大的負荷讓四肢的肌肉應聲斷裂，但這些也在受損的瞬間就被治癒魔法再生。這簡直就像是某種刑罰，彷彿在訴說墜落到地獄底層的罪人就連力竭身亡的權利都沒有。

少年覺得這樣就好。不對，他以悽慘的笑容想著「應該是非這樣不可」。這裡有兩個不可饒恕的罪人。只有其中一方不用承擔痛苦這種事，他原本就連作夢都沒想過——！

奧利佛獨自與機械神展開了完全不同層次的戰鬥。留在地上的同志們甚至無法輕率支援，變得不知所措。

「——該瞄準哪裡？」「瞄準關節！其他地方的裝甲都太厚了！」

「有人有自信打穿剛鐵嗎？」「零距離的話我辦得到！誰要跟我一起上！」

「等等，不要草率地進行捨命攻擊！傷不到裡面的恩里科就沒有意義——」

面對這種狀況，就連身經百戰的高年級生們都亂了手腳。幾個無法忍受只能在一旁看著年幼君主戰鬥的成員跨上掃帚。

像是早就看穿他們的行動般，機械神將帶有紫光的右掌對準剛起飛的他們。

「啊——」「糟了——！」

同志們在察覺自己犯下的失誤後變得臉色蒼白，既然掃帚已經起飛，在加速前都無法進行迴避。紫色閃光瞄準了他們毫無防備的瞬間，毫不留情地發動致命性的攻擊——

「**強推！**」

奧利佛用咒語和雙手介入，讓他們在千鈞一髮之際逃過了死亡的命運。

「啊……？」「……君、君主……？」

其中一人被咒語彈開，另外兩人被抓著衣領勉強逃離了光彈的殺傷範圍。少年丟下茫然自失的他們後，再次騎著掃帚飛上天空。

「——GAAAAAAAAAAAAAAAAAAAAAAAAAA！」

少年發出咆哮，像是在對敵人宣告「不要分心，我才是你的對手」。他獨自應付恐怖的機械神，將同伴們護在身後。守護者與被守護者，雙方的立場完全顛倒了。看不下去的卡莉憤慨地喊道：

「喂，格溫！那是怎麼回事！為什麼要保護我們？陛下剛才可是一個不小心就會死掉啊！」

「……妳覺得諾爾現在有辦法合理地思考嗎？」

格溫演奏著弦樂器，背對卡莉回答。紊亂的音色在在顯示讓弟弟親上火線這件事，讓他的心裡有多麼糾結。但只要治癒的魔音還能稍微舒緩少年的痛苦，他就絕對不能停止演奏。

「與千載難逢的大天才克蘿伊．哈爾福德進行魂魄融合，光是身體沒有一開始就爆炸已經算是僥倖，能夠戰鬥更是奇蹟。他怎麼可能還能保持理智。」

格溫表示對奧利佛來說，讓母親的靈魂寄宿在自己身上就像是把獅子的心臟裝在老鼠身上一樣亂來。因為無法承受而破裂是理所當然，即使勉強能夠容納，在心臟跳動的瞬間流出的龐大血流也足以讓全身爆發。

「即使只融合一瞬間都伴隨著這樣的風險，奧利佛卻在『融合狀態下』進行戰鬥，那根本不是正常人會做的事情。而且為了實現這個目的，他事先必須多次進行融合讓自己習慣……」

格溫對這種可怕行為的了解僅次於本人。這是因為——身為出生在舍伍德家族的魔法師，這本來是他這個長子必須背負的宿命。

「我無法忍受靈魂被入侵的痛苦，就連一秒都無法承受。」

他無時無刻都無法忘懷將自己的責任推給弟弟的罪孽。

「……**連接治癒**……**連接治癒**……**連接治癒**……！」

在格溫的背後，夏儂也同樣哭著詠唱治癒咒語。這是為了修復弟弟持續崩壞的身體，但同時也是不斷為他帶來劇痛的拷問。愈是急遽地施展治癒，就會伴隨著愈強的回復痛。肉體損傷帶來的疼痛，以及急速修復造成的疼痛——奧利佛正無止境地承受這些疼痛持續戰鬥。

而且這些還不包含格溫所說的「靈魂被入侵的痛苦」。

卡莉交互看向兩人和上空的奧利佛，她一面整理這個逐漸惡化的狀況，同時說出心裡的疑問：

「他現在失去了理性……？等一下，那剛才為什麼要保護我們？他現在簡單來講就是失控狀態吧，應該沒有餘力去擔心棋子……」

卡莉是發自內心感到困惑，她完全想不出少年保護同伴的理由。但對格溫來說，答案根本顯而易見。他在演奏的同時開口說道：

「正好相反。如果不靠理智束縛自己，諾爾根本無法捨棄眼前的同伴。即使面對母親的仇人，內心充滿憎恨的衝動也一樣。」

格溫用力咬緊的嘴唇開始流血。雖然這點疼痛根本不算什麼，但他只能靠這麼做來保持理智。他無法忍受只讓弟弟一個人受苦。

「……他的本性是個溫柔的孩子，而且是溫柔到無可救藥……！」

格溫悲痛地說道。卡莉等人聽了後，才總算真正了解自己奉為君主的少年本質上是個什麼樣的人，以及自己至今都讓什麼樣的人身先士卒。

「……那是怎樣……！」

卡莉等人的心裡湧出了羞愧、不中用，以及遠遠凌駕這些的陌生感情。激昂的魔力讓四肢開始顫抖，他們全身都充滿了想要立刻衝出去的衝動。卡莉拚命壓抑這股衝動觀察戰況，向格溫問道：

「……他還能撐多久！」

「從來沒有超過兩分鐘過。」

格溫語氣沉重地回答。所有人在聽完這句話後都下定決心——君主賭命替他們爭取了兩分鐘的時間，必須在這段時間內想出對策來回報他的奮鬥。

另一方面，操縱機械神的恩里科已經沒將他們視為威脅，注意力全都集中在眼前的奧利佛身上。這個敵人強到無法理解，存在本身也讓人充滿興趣。

「……雖然只是推測，但我有點明白你的手法了。」

老人觀察後再次開口。他抱持著某種確信點出真相。

「你是讓魂魄寄宿在自己身上吧。而且還是那個人——『雙杖』克蘿伊．哈爾福德的魂魄。」

奧利佛沒有回答。少年站在掃帚上於空中奔馳，全身的骨骼都喀喀作響，他躲過魔像的迎擊，執拗地攻擊恩里科所在的駕駛艙。不曉得第幾次的切斷咒語砍下裝甲，但老人毫不介意地繼續說道：

「魂魄融合(soul merge)。雖然我知道這個概念，但還是第一次親眼看到。歷史上『只有兩種亞人種』能做到這種事，將其他人的魂魄與自己的魂魄融合，藉此獲得別人的性質與經驗……因為沒有直接觀測魂魄的方法，所以在魂魄學尚不發達的現代還無法證明。」

透過眼睛看得見的影響推測在眼睛看不見的地方發生的事情，這對魔法師來說是很平常的事情。這麼一來，自然就能推測出對方體內發生了什麼事。

「不過以消去法來看只剩下這個可能。克蘿伊的劍技是她獨有的技術，就連嘉蘭德都只繼承了一部分，而且即使是他也無法重現那種戰鬥方式。」

一道特別強力的斬擊命中魔像的指尖，並終於砍斷了一根手指。即使如此，恩里科依然毫不動搖，不如說是佩服地觀察平滑的切斷面——將剛鐵的堅固視若無物的切斷咒語。在極小的領域斬斷物質的結合，這也是克蘿伊．哈爾福德固有的絕技。

「那是只限一代，無法透過血統或教育繼承的能力。魔法師把這個稱作魂魄之才。克蘿伊在各方面都是這種類型的魔法師。不過——還是有一個例外。那就是吸收對方的魂魄。就像現在的你，以及校長一樣。」

在那個七人一起將克蘿伊．哈爾福德折磨致死的夜晚，她的魂魄應該已經被校長吸光了才對。因為她負責的部分就是靠背叛偷襲和吸收魂魄。

然而，眼前的景象推翻了那個事實——並另外導出了一個結論。

「校長在那天晚上未能『全部搶走』嗎？克蘿伊的部分魂魄從她的手中逃脫，流到了你身上……應該就是這樣吧。」

恩里科如此確信。姑且不論理由為何，克蘿伊．哈爾福德被撕裂的魂魄確實有一部分在對方體內，而且對方還用透過魂魄模仿的劍技攻擊自己。

推論到這裡，老人用力吸了一口氣。

「GAAAAAAAAAAAAAAAAAAAA！」

「嘎哈哈哈哈哈哈哈哈哈哈哈哈哈哈哈哈哈哈哈哈！」

像是為了對抗對手充滿殺意的咆哮，老人也跟著放聲大笑。

「——即使和其他亞人種相比！人類也是『自我』特別強烈的生物！」

老人加強語氣說道。即使眼前的對手看起來已經無法靠對話溝通，他依然努力傳達，不對，是強迫對方接受現實。

「魔法師在這方面的傾向又特別強烈！因此魂魄融合在本質上非常不適合我們！讓魂魄融合產生的壓力應該超乎想像吧！校長是以強硬的手段讓搶來的魂魄屈服才得以實現——但就連她至今都會持續感到頭痛。」

不用老人提醒，這些事奧利佛早就知道了。就連現在這個瞬間，他的身體也不斷流血、疼痛和磨損，這些就足以證明這是多麼亂來的行為。但他不聽老人說話，他知道只要一聽魔法就會立刻解除，到時候他將連一根手指都動不了。

「雖然剛才拿校長來舉例，但你的狀況又更加勉強！首先是肉體的素質完全跟不上魂魄的才能！必須靠治癒魔法勉強維繫每次行動就會逐漸崩壞的身體！」

這部分也沒說錯。奧利佛的身體之所以還沒解體，是因為他的大姊用比身體崩壞還要快的速度持續用治癒咒語幫忙維持。如果沒有她的支援，少年的身體早就四分五裂了。光是在這場戰鬥的期間，他的膝蓋和腳踝的肌腱就不曉得斷過幾次了。

「人類一生能夠接受的治癒是有限的！這你當然也知道吧……？光是以那個狀態戰鬥一分鐘，你的壽命就不曉得被削減了多少呢！」

老人的話喚醒了一段記憶。讓自己變成現在這樣的那些日子，在奧利佛腦中反覆浮現和消失。

「——你應該切身體會到自己面臨瓶頸了吧。」

奧利佛躺在冰冷的地下室地板上，聽著父親用更加冰冷的聲音說話。連續十五小時的訓練讓他全身沒有一處不感到疼痛，骨折和失去意識的次數更是數也數不清。即使過程中勉強靠治癒和魔法藥回復了好幾次，他的身體現在真的是完全無法動彈了。

「……呃……啊……」

「這就是你才能的極限。如果想要學會更高超的技能，就需要花費漫長的時間，或是根本無法學會。只有真正的天才能夠跨越那道門檻。遺憾的是——你沒有那種才能。」

父親俯瞰著瀕死的兒子，平淡地宣告。這當中沒有夾雜任何私情。因為接下來的嘗試必須先擊潰兒子的心靈和身體，私情的介入只會造成妨礙。

「隨著身體成長和累積經驗，應該能填補一些不足……但終究還是不夠。你必須戰勝的對手每一個都是真正的天才。這時候就要利用克蘿伊．哈爾福德的魂魄，讓你根本比不上的天才經驗流入你的體內，跨越原本不可能跨越的障礙……當然，前提是你的身心能夠承受得了魂魄融合。」

即使早已因為疲憊和劇痛而說不出話，奧利佛仍勉強在聽父親說話。他絕對不會放棄思考，放棄思考就代表失去意義，一旦失去意義，他絕對無法忍受接下來的痛苦。

「你知道為什麼在融合之前，要先徹底折磨身體嗎？是為了讓你的魂魄實際感受到欠缺，明白這樣下去身體絕對無法繼續存活。人的魂魄原本就無法直接接受異物。我們自我的外殼太硬，只能用被自己的經驗過濾後的資訊來改變自己。即使是能夠操控魂魄的祖種之力也一樣……但只要滿足幾個條件，情況就會變得不一樣。例如事先削弱魂魄用來排除異物的抵抗作用。」

父親以不帶感情的聲音說道。換句話說，至今承受的訓練和痛苦都還只是事前準備而已。照理說早已麻痺的恐懼，讓奧利佛的內心變得冰冷。他完全無法想像還有什麼事情能比剛才痛苦。

「應該會是超乎想像的痛苦吧。而且也無法保證你能夠承受——等你做好覺悟再告訴我。」

父親的話裡沒有任何能讓人安心的資訊，只有保證將承受非比尋常的痛苦，而他也非常清楚要人在這種狀態下做好覺悟有多過分。

「……媽媽……」

奧利佛勉強擠出微弱的聲音。少年已經很久沒說話了，但他想表達的並非自己有多痛苦，而是想先問另一個問題。

「……媽媽……不會感到痛苦嗎……？」

「……嗚……」

父親徹底扼殺感情的表情——那個用來隱藏內心的面具，在聽見這句話的瞬間產生了裂痕。他按住顫抖的臉部肌肉，儘管只有短短一瞬間，但還是能從指縫間看見過去那個令人懷念的父親。奧利佛當時的生活依然充滿幸福。

「……只剩下魂魄的存在不像生者那樣擁有意識。精神只有在湊齊肉體、靈體和魂魄這三個要素時才能成立。你感覺到的痛苦，克蘿伊已經都感覺不到了。」

從這個訓練開始以後，這是奧利佛第一次，也是唯一一次感到放心。他在痛苦的深處稍微鬆了口氣。因為他至今感受到的疼痛，以及接下來將承受的痛苦，都不會波及母親。

「集中精神，別擔心無謂的事情。不然你的人格在第一次嘗試時就會崩潰——進來，夏儂。」

男子喊出一個名字，同時朝一扇門伸出白杖，那是這個房間唯一的入口。咒語一把門打開，一直貼在門上的人就跌進了地下室。那是雙眼早已哭到紅腫的夏儂·舍伍德。

「——諾爾！」

夏儂衝向早已氣若游絲地躺在地上的弟弟，用雙手抱緊他。奧利佛的嘴角稍微放鬆。即使他全身幾乎只剩下疼痛的感覺，還是能感覺到那股溫暖，以及大姊對他灌注的感情。

「動手——身為本家的人，妳應該比我還要清楚。這是我們的血統背負的責任。」

就連這點小小的安慰，父親都想要立刻奪走，但奧利佛明白這一切都是為了自己。如果在這時候休息太久，稍微放鬆持續緊繃的情緒，自己絕對無法承受接下來的痛苦。

「……大姊……動手吧……」

所以他自己主動要求。溫柔的大姊只要看見別人受傷，就會比誰都要心痛，至少不能讓她感到自責。少年希望一切的痛苦都能只在自己心裡了結。

夏儂也感覺到他的意圖。在猶豫了很長一段時間後，她擦掉眼淚拔出腰間的白杖。少女從一開始就無法拒絕。她的血脈背負著罪業，打從她出生在這個世界的瞬間，就已經身處事件的中心。

「……**兩個靈魂……融合吧，混合吧……**」

以顫抖的聲音進行的詠唱結束後，某個巨大的存在流進奧利佛的體內——結果就和注入了熔岩的陶器一樣，他的魂魄產生了第一道裂縫。

「————————————！！！！！！！！」

在最初的一瞬間，至今的痛苦全都消散了。因為層次完全不同。自己內心最深處的本質受到損害，那種痛苦已經無法用痛來形容。想要拒絕的身體無視關節的極限拚命掙扎，父親和夏儂只能拚命按住他，不然奧利佛的身體一下就會被自己的力量粉碎。

「諾爾……！諾爾……！」

夏儂早就已經解除魂魄融合。流進奧利佛體內的克蘿伊魂魄只是總量的一部分，只有一滴混入了奧利佛的靈魂，但這對他來說已經是足以致死的猛藥。

「你現在知道了吧……這就是魂魄被入侵的痛苦。」

宛如永遠般的幾分鐘過去後，強烈到足以破壞身體的拒絕反應開始逐漸消退。又過了幾分鐘，奧利佛不再急促呼吸，眼神也開始恢復理智。確認兒子脫離險境後，父親立刻繼續說道：

「與此同時，已經有少許經驗流入你的體內。是你絕對無法靠自己鍛鍊獲得的高手經驗……但那些還不是你自己的經驗。」

父親在說話的同時從懷裡掏出一個小瓶子，餵奧利佛喝下裡面的液體。那液體一進入胃裡就產生一股灼熱感，然後像發燒一樣擴散到全身。那是世間流傳就連死人都能復活的最高純度的祕藥。

「只有自己親自活用過，才能讓那些經驗適應你的魂魄。而且這段過程必須在『魂魄融合後立刻執行』，也就是所謂的打鐵趁熱——舉起杖劍吧。要再開始訓練了。」

父親說明完後起身，回到地下室中央舉起杖劍。即使兒子的肉體和魂魄才剛飽受折磨，他依然要求少年舉起杖劍戰鬥。

最先對這句話產生反應的人不是奧利佛，而是夏儂。她擋在弟弟前面，將白杖對準男子。她平常絕對不會自己挑起戰端，這是她有生以來第一次向別人展現戰意。

「……讓諾爾，休息一下……！」

「這樣會讓一切都白費。」

男子只用一句話就否定了她的覺悟。面對這個狀況，奧利佛努力移動沉重的身體，踉蹌了幾次才總算站起來。

「……大姊，謝謝妳……」

他說完後強硬地抓住大姊的手臂，代替她與父親對峙。父親對用顫抖的手臂舉起杖劍的兒子點頭說道：

「沒錯，這樣就對了。如果不先嚥下這個痛苦，一切就無法開始……因為接下來還要重複進行好幾次。」

奧利佛當然明白，而且一點都沒有想要拒絕的意思。

打從一開始就沒人強迫過他，少年絕對不是在父親的命令下艱苦修行，而是按照自己的意志繼承母親的志向，發誓要報仇，並為了獲得力量追求母親的魂魄——

「——GAAAAAAAAAAAAAAAAAA！」

少年燃燒自己的生命操縱掃帚，用沾滿自己鮮血的杖劍襲向機械神。老人一面抵擋他的猛攻，一面發表評論：

「——如果要比喻的話，你現在就像是魂魄的合成獸！為了接受克蘿伊·哈爾福德非比尋常的魂魄，你必須從根本扭曲自己的存在！」

「**斬斷吧——！**」

像是為了蓋過惱人的噪音般，一道切斷咒語深深斬進手臂的裝甲。下次一定要砍斷——在內心如此發誓的奧利佛讓掃帚在空中翻了個筋斗，直線衝向機械神。

「那已經不能算是努力，只能說是自殘！為了容納她的靈魂，為了在她去世後用平庸的身體重現她的強悍——你應該已經將自己的肉體、靈體和魂魄全都粉碎過無數次了吧？」

奧利佛在心裡的某個角落肯定老人的言論。沒錯，他就是這麼做的。為了獲得能與七名仇人對抗的力量，為了從母親的魂魄借用她一部分的力量，這具平庸的身體只剩下這個手段。即使那將徹底扭曲自己的存在。

「為了提升自己所累積的努力確實值得尊敬！但你累積的只有用來否定自己的拷問和虐待！那實在毫無意義又可悲！魂魄的變質會對人格造成不可逆的影響！作為模仿這個劍技的代價，你除了壽命以外還捨棄了許多事物！包含你原本的本質！」

老人執拗地逼迫少年，逼他面對自己過去捨棄的事物，以及為了獲得這股力量付出的代價。奧利佛憤怒到幾乎要咬碎自己的牙齒。

「你應該心裡有數吧！以前的自己辦得到，現在的自己卻絕對無法辦到的事情！那個出現在心裡的大洞！」

恩里科要少年注視那個洞，回想起變成現在這副德性之前的自己。即使明白毫無意義，奧利佛依然無法抗拒。那是被迫接受無可挽回變質的魂魄本身的吶喊，這股絕對無法抹去的依戀將持續存在他的心中。

——我受不了了！饒了我吧！我的肚子快笑破了！

真是的，不愧是我的兒子。「諾爾真的很會逗人笑呢」——

「——GAAAAAAAAAAAAAAAAAAAAAAA——！」

流不停的血淚，以及吹過內心大洞的寒風，如今就連憎恨都算是救贖。除了燃燒憎恨不斷揮劍以外，他已經沒有其他方法能夠取暖。

奧利佛唯獨不缺燃料。因為他對持續在眼前嗤笑的母親仇人有滿腔的憎恨，而從那天開始就徹底改變的自己，也同樣是他憎恨的對象——

「——最悲哀的是，即使做到這個地步，你還是無法替代克蘿伊。」

恩里科最後突然平靜地如此說道。這句話聽在奧利佛耳裡，比那些激動的挑釁還要殘酷好幾倍。

「你自己也很清楚吧。『根本一點都不像』。即使勉強模仿了一部分的劍技——本人也絕對不會是這樣。」

之所以會明白這點，是因為恩里科也認識本人。克蘿伊・哈爾福德揮劍時的光輝和獨一無二的美麗，都深深烙印在他的心裡難以忘懷。

只要比對過去的記憶，本尊與冒牌貨的差距就會明顯到可悲的程度。無論外表再怎麼相似，即使那是直接從本人的魂魄模仿——眼前這個少年揮的劍也絕對不會和她一樣。克蘿伊．哈爾福德這道光已經墜落地面，這裡只有外形相同的影子。

「不論是對付異端，與異界之『神』為敵，還是在最後的那晚與我們對峙的時候——她都從來沒變過。照自己的感受歡笑、傷心、憤怒、同情，並將這些表現在劍上。她奔放的生活方式不會受到任何道理或魔道的限制，那才是克蘿伊．哈爾福德之所以為克蘿伊．哈爾福德的理由。她的劍裡總是包含著『自由』。」

奧利佛也承認正是如此——任何高手都無法模仿母親的劍風，因為那無疑是源自於她的人格。所有魔法師第一個捨棄的東西，只有她奇蹟般的保留了下來。所以每個人都為她著迷，焦急地想變得和憧憬的她一樣。就像自己現在這樣。

「那是你的劍最缺乏的東西。不對，是不管怎麼掙扎都無法獲得的東西。因為你為了容納克蘿伊的魂魄，已經反覆否定自己無數次。不容許自己繼續做自己，這對人類來說是最不自由的狀況，也是離克蘿伊的存在方式最遠的事情！」

恩里科的話化為利刃深深刺進奧利佛的心裡。少年的魂魄大喊：閉嘴，這種事不用你說，我也早就知道了，而且比誰都清楚——！

「GAAAAAAAAAAAAAAAAAA！」

奧利佛準備在上空掉頭砍向機械神，但就在迴轉的瞬間，他的身體被拉向下方。

「──唔？」

「──嗯？」

少年的身體因為出乎意料的力道往下掉，下一個瞬間，他像掃帚競技的墜落者般被兩隻手臂確實地接住。

「恩里科老師，別再欺負我們的陛下了。」

等奧利佛回過神時，他已經被卡莉抱在懷裡。即使如此，他還是繼續掙扎著想要戰鬥。

「GA──A──！」

「好，稍微休息一下吧。冷靜點，冷靜點。」

卡莉抱緊少年安撫他。像這樣近距離一看，就會發現他的全身慘不忍睹。血液不斷從破裂的血管滲出，少年全身上下沒有一處沒被染紅，剛才那些亂來的動作讓全身的骨頭多處骨折，並透過急遽的治療扭曲地接在一起。短短不到兩分鐘的戰鬥，少年的身體已經瀕臨崩壞邊緣。

「……嘎哈哈哈哈。真是不好意思，我好像有點太興奮了。」

恩里科看著那副慘狀，略微自省地說道。面對過去的學生克蘿伊．哈爾福德留下的痕跡，他也失去了冷靜。老人在自覺到這點後恢復教師的語氣，對底下的學生們宣告：

「保險起見，我先說我接受投降。反叛金伯利是這世界上最重的罪之一，但只要我向校長求情，應該能獲得減刑，或許有幾個人可以不用死。畢竟我也想回報各位至今的努力。」

占據壓倒性優勢的恩里科展現出寬容的一面。卡莉聞言，便對著遍體鱗傷的君主耳邊問道：

「他是這麼說的……怎麼樣，陛下？」

最後的決定權是掌握在他手上。面對這個問題——奧利佛不曉得第幾次在心裡回想起從母親魂魄繼承的記憶。

「……不如依靠其他世界的神還比較好……」

男子從嘴裡擠出摻雜著自嘲的聲音。他的身體到處都變成半透明的礦石，手臂甚至變成像石器的刀刃——但他已經無法揮舞那個武器，因為他腰部以下的部分早已被悽慘地打碎。

周圍都是男子的同胞們看不出原形的屍體。克蘿伊呆站在原地，看著這條連異界之神賜予的能力都被擊潰的生命緩緩消逝。

「……什麼魔法，什麼魔法師啊。你們只是瘋狂地在追求玩弄性命的方法吧……」

克蘿伊沉默不語。回頭檢視事情的經過，就會發現她根本無法反駁這句諷刺。

蘭國的魔法師們進行的咒術實驗失敗，讓廣範圍的地區遭到汙染，因為短期內無法解咒，導致超過數千名難民無處可去。他們只能在被嚴格隔離的地區內慢慢等死，最後剩下的手段就是向異界之神求助，成為異端——然後異端獵人就被派來「處分」他們。眼前的男子就是最後的生還者。

「……把我燒了吧……不過，一切都不會這樣就結束……絕對……！」

男子最後留下這句預言。克蘿伊後來持續被迫理解這句話的正確性。

「……求妳放過我……」

不論是求饒的聲音或怨恨的聲音，她都已經聽過無數次了。這些聲音比強大魔獸的咆哮還要打擊克蘿伊的內心。

在自己家底下的隱藏房間裡，一個女子顫抖地用瘦得像枯樹枝般的雙手抱著嬰兒。克蘿伊一看見這個景象就大致明白了狀況——生活貧困者在四處流浪後加入了異端集團，這是其中一個典型的狀況。

不論是好是壞，魔法社會都是將探求魔道這件事擺在最優先，其他俗事——例如社會福利的優先度總是相對較低。所以普通人中的貧困階級必然經常身陷困境又不受理會，異端集團就是透過吸收這些「被捨棄的人們」擴大勢力。

「……拜託妳……至少放過這孩子就好……」

女子眼眶泛淚地抱著孩子靠近克蘿伊——然後在下一個瞬間，伸出隱藏在背後的「第三隻手」，橫向揮出裝在手臂前端的鉤爪。

「……唔……」

為了避免像這樣被突襲，不聽任何求饒是異端獵人的鐵則。克蘿伊等人躲過瘋狂亂揮的鉤爪，但原本的包圍也因此出現破綻。女人趁機跑向樓梯想要逃到地面，將那裡當成最後的希望——

「——**燒除淨化！**」

但那個希望在下一個瞬間被斷絕。克蘿伊的其中一個同僚用咒語擊中女子的背，那對親子瞬間就被火焰包圍倒在樓梯上。在嬰兒的響亮哭聲當中，女子緊緊抱住自己的孩子扭動身軀，從火焰裡瞪向魔法師們。她的眼裡充滿了憎恨。

「——不可原諒……！我絕對——不會原諒你們啊啊啊啊！」

充滿怨恨的哀嚎烙印在克蘿伊的腦中，讓她永遠無法忘記這個景象。

「……你們，奪走的還不夠多嗎……」

瀕死的哥布林長老看著自己的村落逐漸被燒毀，低喃著說道——對沒有人權的亞人種的處置更加殘酷，只要認定有「異端的嫌疑」，在確認事實前就燒掉整個村落的狀況並不罕見。克蘿伊本人十分厭惡這種習慣，但與她的心情和是否真的有異端無關，通常等她趕到現場時，那裡早已開始互相殘殺。

「……你們到底想怎樣……？燒掉數不盡的性命……在成堆的屍體上建築城市……」

克蘿伊無法回答。她已經發現了。即使以異端獵人的身分不斷戰鬥，之後也只會被迫面對更多與異端的戰鬥。

「……連心都燒掉後……還會剩下什麼……」

哥布林留下這句話後就斷氣了，克蘿伊握緊拳頭想著——如果想終結這場戰鬥，必須做出更根本的改變。

「——在前線和許多人打過架後，我總算明白了。」

腦中的景象又換到另一個場景。那並非從母親那裡繼承的記憶，而是奧利佛自己的回憶。母親的臉孔讓他感到十分懷念。他還記得母親平常不管說什麼語氣都十分輕快，只有那時候顯得特別沉重。奧利佛覺得那應該是非常重要的話，所以認真側耳傾聽。

「那些異端也有重要的人，就像諾爾和艾德對我來說，是無可取代的家人和朋友一樣。追根究柢，他們只是想要一個重要的人不會被踐踏的世界而已。」

奧利佛沒想到以稀世異端獵人聞名的母親會說出這樣的話，但另一方面，他也覺得這番話非常符合她的風格。透過賭命戰鬥和對手互相了解——克蘿伊．哈爾福德從以前就是用這種方式與人溝通。

「召喚其他世界的神明不過是實現願望的手段，並非其目的。我們首先不能搞錯這一點。」

奧利佛非常認真看待這句同時包含反省和教訓意義的話。即使年幼的他精神尚未成熟，他還是努力想要正確地理解。克蘿伊憐愛地看著他努力的模樣，然後用力抱緊年幼的兒子。

「……諾爾，我教你一個我特別珍藏，能讓世界變好的魔法吧。」

克蘿伊對著兒子的耳邊說道。即使她完全沒有這個意思，這句話最後還是決定了兒子的人生。

「其實很簡單。只要我們所有人都一點一點地變溫柔，讓這個世界稍微變得溫柔一點——就不用再和異端戰鬥了。」

即使只是年幼時的模糊記憶，少年依然發自內心相信了那個魔法。

奧利佛一推開卡莉的手臂，身體就像緊繃的線突然斷裂般，整個人跪倒在地。他雙手撐著地面，嘴裡的血液宛如瀑布般持續流出。少年吐出的血摻雜著壞死剝落的肺部組織，在他底下染成一片紅毯。

「諾爾——！」

在驚訝的同志們當中，只有夏儂發出慘叫。雖然持續治癒會增加對方的痛苦，但只要一中斷就會立刻死亡。她從一開始就只剩下持續讓弟弟受苦這個選項。

「……希……」

奧利佛在吐完血後說了一句話，但聲音非常微弱，只有卡莉一個人聽見了。

「……希望再也不會有人的內心……受到摧殘……」

那是一句夢囈般的話。在充滿了對仇敵和自己的憎恨的內心深處，在被粉碎了無數次的靈魂最根本的地方，只有這個誓言依然沒有改變。

奧利佛是這麼想的——就像眼前的老人和自己一樣，魔法師們都背負著難以抹去的罪業。他們將許多生命當成燃料持續前進。除了亞人種和普通人以外，有時就連其他魔法師，或甚至自己的生命都不例外。

在魔法師統治的世界，生命不過是達成目的的手段。

在探求魔道方面，心本來就是拿來踐踏的存在。

所以他才會瘋狂地渴望——要是這個世界能變得稍微溫柔一點。

或許母親就不會像那樣死於非命。

或許父親就不會那麼痛苦。

或許就不用深深地傷害大姊。

或許就不用讓大哥背負罪孽。

或許艾爾文·戈弗雷可以一直當個好學長，不用替任何人「送終」——

卡洛斯·惠特羅可以一直當他獨一無二的好友，繼續待在他身邊——

奧菲莉亞·薩爾瓦多利也可以和他們一起歡笑。

……或許，就連那個現在已經不存在，擅長逗人發笑的開朗少年也能當上喜劇演員，過著為許多人帶來歡笑的生活。

他很清楚這一切都只是夢想，失去的事物已經回不來了。

不過，即使如此──即使如此。

他的內心還是希望能將這條性命用在那樣的世界上。

少年說出自己的心情。他曾發誓要正確地繼承母親的理想，如同母親過去的期望，奧利佛這個人就只有這點一直都沒變。

「……讓溫柔的人……能夠繼續保持溫柔……！」

卡莉瞇起眼睛。同志們各自握緊自己的杖劍。

在這個瞬間，他們承認眼前的少年是值得自己奉獻生命的君主。

「……嗯。我明白了，陛下。」

卡莉說完後，溫柔地拍了一下他的肩膀……在少年賭命爭取來的兩分鐘裡，他們也決定好了接下來的行動。

卡莉背對著一個認識最久的同志，對那個咒者說道：

「羅伯特，『你先上路吧』。」

這是個簡單又冷淡的指示。正確地理解這句話的羅伯特露出苦笑。

「應、應該還有其他更好的說法吧。再、再怎麼說，我也是妳的丈夫。」

「吵死了，你這陰沉的傢伙別抱怨了。我都幫你生三個孩子了。」

卡莉直截了當地回應，羅伯特一聽便露出微笑。

「嗯——我真的很感謝妳。」

這或許是他人生第一次講話沒有結巴，直接說出自己的心情。

羅伯特和幾名同志一同前進，格溫在察覺他的意圖後正想開口——

「之後就拜託你們了。我會讓他露出破綻。」

卡莉打斷格溫，以輕鬆的語氣說道。她稍微停頓了一下後，對奧利佛補充道：

「……我家的老么沒什麼天分，當魔法師會有點辛苦呢。」

少年默默地聽著，一字一句仔細刻在記憶裡。他知道這是女子的遺言。

「如果你能打造出一個能讓那孩子幸福生活的世界，我們會很開心。」

奧利佛用力點頭。這是他能表達的最大誠意。卡莉看見後笑著說道：

「抱歉之前對你那麼凶——再見了，陛下。」

說完後，她對前方的丈夫使了個眼色。羅伯特確認後，就和五名同伴一起筆直走向機械神。

這個看起來毫無勝算的舉動，讓恩里科從高處的駕駛艙大感疑惑地喊道：

「嗯……？是自暴自棄的捨命攻擊嗎？」

羅伯特等人瞄準腳的關節，用杖劍施放咒語。恩里科看著這些毫無威脅性的抵抗，對不願投降的敵人們感到遺憾。

「像這樣糟蹋性命，真是讓人不敢恭維！」

從上空揮下的巨大手掌，一口氣壓扁了包含羅伯特在內的六人。那幅景象讓奧利佛倒抽了一口氣——但只有卡莉露出無畏的笑容。

「——才沒有糟蹋呢。一個人都沒有。」

她才剛說完，壓扁羅伯特等人的巨大手掌就開始震動。那股震動傳播到手掌，接著逐漸傳播到手臂。恩里科納悶地想要舉起手臂，並在發現做不到後睜大了眼睛。

「羅伯特——咒者死的時候才是大展身手的時候吧。」

下一個瞬間，機械神將右手揮向自己的頭部。剛鐵裝甲激烈碰撞，強烈的衝擊讓駕駛艙誇張地晃動，恩里科靠直覺掌握了自己陷入的狀況。

「這……這是……！」

以羅伯特為首，剛才被殺害的六人全是咒者。即使不及瓦蒂亞·穆維茲卡米利，他們身上也儲存了不少詛咒。因此基於詛咒守恆定律，他們身上的詛咒全都流進了機械神。

機械神原本就是透過被當成燃料的生命產生的詛咒運作。新流進來的大量詛咒和原本就存在於內部的詛咒會合，然後被羅伯特等人生前的明確意志賦予了方向。簡單來講——就是殺死恩里科的憎恨的對象。

「嗯唔唔唔唔！」

結果右手的操控權徹底被詛咒搶走，讓機械神的駕駛艙持續被自己的手臂攻擊。雖然可以用還能自由行動的左手制止，但右手搶先用手掌握緊頭部，發射剛才燒光翼龍的紫色光線。

「唔喔喔喔喔喔！」

機械神的頭部逐漸熔解，就連駕駛艙內部也開始變熱，恩里科拚命用還能操縱的左手制止，強硬地抓住右手手腕將其拉開，然後全力壓制仍在掙扎的右手。

「不愧是我的老公。」

卡莉和其他兩名同志趁機械神無法使用雙手時，乘著掃帚降落在駕駛艙的正上方。頭部的裝甲先是因為打擊而凹陷，然後又被光線熔解。他們將杖劍對準那裡，毫不猶豫地開口詠唱：

「「「**獻上此命，無論障壁幾重，爆裂吧，貫穿吧。**」」」

施展超越極限的四節魔法後，「他們的身體也跟著當場炸裂」。他們直到喪命前都一直努力控制咒語，將衝擊全凝聚在同一個地方。原本就已經傷痕累累的駕駛艙裝甲又被破壞得更嚴重了。

「嘎哈——嘎哈哈哈哈哈，可惜！這點程度還無法破壞駕駛艙的裝甲——」

恩里科誇耀著剩下的防壁。下一個瞬間，他的眼前出現了一件被染成深褐色的長袍。

「——**斬斷吧**。」

剩下的頭部裝甲被足以斬斷剛鐵的切斷咒語砍出一個三角形的洞。肩膀以下的左手被砍斷的恩里科立刻啟動緊急逃脫裝置，連同座椅一起飛到空中，再用減速咒語著地。

「……幹得漂亮。」

被泰蕾莎砍中的側腹，以及剛才被奧利佛砍斷的左手。即使兩道傷口不斷流出鮮血，老人仍低聲稱讚對手。在他的背後，機械神龐大的身軀轟然倒下。

「AAAAAAAAAAAAAAAAA！」

少年沒有給老人喘息的機會，騎著掃帚從空中來襲。倖存的同志們也立刻衝了過來。恩里科勉強抵擋連續不斷的咒語攻擊，即使身邊已經沒有能夠保護自己的魔像，他仍苦笑著說道：

「無路可逃啦。嘎哈哈哈，這也是理所當然——」

所有的異端打從被發現的那一刻起，就會變成魔法師們最優先抹殺的對象。

因此他們如果想要活下來，首先就是不能被魔法師看穿自己是異端，換句話說就是要隱藏自己的信仰。

不過這件事沒有說起來那麼簡單。雖然異界之神會授予自己的信徒各種恩寵，但也無一例外地會要求他們遵守嚴格的誓約作為代價。如果想繼續當信徒，生活中就必須遵守固定的規範。雖然視信仰的「神明」而定，可能會有很多種規範——但共通點就是難以徹底隱藏自己的氣息。

例如，庭院裡經常出現陌生的樹木。

例如，居民的飲食習慣非常奇特。

例如，會定期在深夜到黎明的期間舉辦聚會。

如果從一開始就有好好注意，或許就能察覺徵兆。

「……嗯……？」

少年首先目睹的異變，是騎著掃帚前進的方向冒出了黑煙。

他一開始以為是農夫在燒東西，但愈靠近城鎮就覺得愈不可能。因為煙實在是太多了。

少年擔心可能是火災，一口氣加快了掃帚的速度。秋天剛過，前陣子才下了今年第一場雪。隨著速度逐漸提升，暴露在冷空氣中的臉頰開始感到刺痛。吐出來的氣息也在嘴邊留下白色的霧。

他擔心地想著普通人實在太不會用火了。因為不會使用魔法，所以無法輕易滅火，而且只要稍微吸入濃煙就會馬上死掉。少年很擔心諾薇米。萬一真的發生火災，而且諾薇米也被捲入，自己必須立刻去救她。

如果只是普通的火災倒還好。

等他抵達上空時，整座城鎮已經有八成陷入火海。

「……咦……？」

少年無法理解眼前的景象，就這樣愣了幾秒。

城裡各處都竄出數不清的火舌。火焰的紅光和黑煙混合在一起遮蔽視線，當中不斷傳出怒吼和慘叫，偶爾還能看見好像有人影在晃動。愈靠近城鎮中心，火勢就愈強烈，已經有超過一半的建築物都倒塌了。

這絕對不可能是火災造成的。空氣乾燥的冬天容易發生火災，所以正常的城鎮都會做好防止火勢延燒的措施。先不管這座城鎮是否正常，只要是有一定寬度的道路就能阻擋火勢，何況居民們不可能對火災毫無反應。如果來得及就會灑水，再不然也會破壞住宅，不可能讓狀況變得這麼嚴重。

少年這時候還無法想像有什麼原因會讓他們無法這麼做。他事後才知道——這座城鎮大部分的居民都是異端，以及內部的居民因為無法公開的信仰產生對立。一部分主張應該要脫離信仰的居民採取了激烈行動，接連對位於城鎮各處的「神木」放火。以此為開端，居民們分成兩派開始抗爭，然後——這個行為引來了貨真價實的「神罰」。

「——啊——哇啊啊啊啊啊！」

少年回過神後，立刻急速下降。與剛才完全不同的熱氣灼燒他的全身，但他根本無暇在意。少年摒住呼吸突破濃煙，飛向少女一家人住的地方。

「諾薇米，妳在哪裡？妳在裡面嗎？聽到的話就回答我！」

雖然這裡也失火了，但至少建築物還沒有崩塌。少年圍繞著這棟三層樓建築飛行，同時不斷呼喊少女的名字，集中精神尋找她的氣息。最後他的耳朵捕捉到微弱的聲響。

「在那裡！」

他立刻找出聲音的方向，衝進三樓的其中一扇窗戶。少年直接衝破鐵窗入侵屋內，在撞上牆壁前自己放開掃帚於地上滾了幾圈。即使全身都撞到了不少家具，他還是顧不得疼痛立刻起身環視周圍，衝向傳出激烈聲響的隔壁房間。他尋找的對象就在那裡。諾薇米靠在牆上，驚訝地看向突然現身的少年。

「諾薇米，妳沒事吧？有沒有受傷……」

「恩里科，不可以過來！快點逃！」

少年此刻才終於聽清楚她一直在喊什麼。少女緊張的聲音讓他瞬間停下腳步，一道沉重的攻擊劃破他眼前的空氣。少年驚訝地退了幾步，然後看見剛才襲擊自己的東西。一個由看不出是樹根還是藤蔓的植物密集纏繞在一起的奇妙物體站在那裡，而且看起來像是扭曲的人型。

「哇啊？你……你是什麼東西？魔獸嗎？到底是從哪裡跑出來的——！」

感覺到危險的少年將手裡的白杖對準敵人。

「別過來！不、不然我就攻擊嘍！」

他大喊著威脅對方，但「那個」完全不在意對準自己的白杖繼續行動。眼見對方舉起了一團宛如棍棒的藤蔓，少年也沒辦法再繼續猶豫了。

「可惡——**烈火燃燒！**」

少年跳向後方躲避攻擊，同時放出咒語。出乎意料的猛烈火勢瞬間包住了和一般成人差不多大的「那個」。「那個」即使全身逐漸炭化也沒有發出慘叫或痛苦掙扎，最後靜靜地往前倒下不再動彈。確認那東西再也不會動後，少年擦掉額頭的汗水，轉向少女說道：

「……諾薇米，我們快逃吧！妳可以坐我的掃帚後面！放心吧，我的技術有稍微進步——」

「『爸爸』！」

少女打斷他的話，讓少年瞬間僵住。

「…………咦？」

僵住的少年腳邊躺著一個人類大小的焦炭，諾薇米徑直衝向那裡，毫不猶豫地將手伸向應該還很燙的人型物體——但她碰到的地方立刻化為灰燼崩壞。少女停止動作，在沉默了幾秒後緩緩轉向少年。

「……爸爸……被燒掉了……」

少女哭著露出僵硬的笑容。她很傷心，但還是想笑，所以才會露出這種奇怪的表情。一道淚水沿著臉頰落下，滴在灰燼上發出「滋」的聲音蒸發。

呆站在原地的少年甚至忘了呼吸，但還是逐漸理解狀況。逐漸明白自己剛才做了什麼，燒了什麼。他在快要獲得答案前勉強中斷思考，本能告訴自己不能繼續想下去。

「——必、必須快點逃跑。」

他只能不斷重複這句話。

少女默默和少年對望，接著突然按住胸口蹲下。

「……呃……啊……嗚……！」

「諾薇米？妳怎麼了，諾薇米！是不是哪裡受傷了——」

少年慌張地將手伸向少女，下一個瞬間，他的上半身大幅後仰。

「…………？」

少年不曉得發生了什麼事，只覺得鼻子好像熱熱的。溫暖的液體立刻從嘴巴裡流了出來，在舌頭上留下鐵的味道。他反射性地用手背擦臉，發現上面沾著紅色的鮮血。

「……恩里科……你快逃……」

少年慢了一拍才察覺自己的臉被打了，在他的面前，諾薇米以僵硬的動作起身。她的手腳彎曲成奇怪的角度，彷彿正在被一個不熟練的人偶師用線操縱。

「……不對……不是我做的……我的身體自己動了起來……！」

在諾薇米大喊時，少年察覺她的身體出現決定性的異常。無數像樹根的物體穿破她的皮膚和衣服，迅速包住全身。現在樹根的密度還不高，但這個狀況和剛才被他燒掉的物體實在太像了。

少年立刻理解一件事——「她被某種東西寄生了」。

「——我——」

視野開始變得狹窄，背部冷汗直流，四肢的感覺也逐漸遠去。少年勉強按捺住想要吶喊的衝動，斷斷續續地對逐漸變得不是人類的諾薇米說道：

「——我會救妳。我現在就救妳。我馬上——馬上就會想出方法。」

「……恩、里科……」

「我絕對會想出方法！我是魔法師，這點程度的問題只要揮一下魔杖就能解決！」

少年像是要蓋過心裡的喪氣話般大喊，再次舉起白杖。他凝視踩著搖搖晃晃腳步靠近的諾薇米，拚命思考——總而言之，必須先封住她的行動。

「對不起，我先讓妳睡著！**陷入沉睡！**」

少年先道歉後，朝少女頭部放出魔法。這是將疼痛和傷口都壓抑在最低限度的麻痺咒語。對方甚至沒有做出閃躲的動作，直接被咒語擊中——但少女下一個瞬間就衝了過來。即使遭到突襲，少年還是驚險地跳到旁邊閃躲。

「——沒用？那、那換這個——**全身麻痺！**」

少年立刻改為施展麻痺咒語，這次的魔法直接命中胸口中央，讓少女的身體稍微搖晃了一下——但還是沒有倒下。看見對手踩著與剛才一樣的步伐逼近自己，少年心裡變得愈來愈焦急。

「……為什麼……為什麼沒有效果？為什麼，為什麼……！」

在那之後，少年依然不斷嘗試各種想得到的手段試圖限制少女的行動，但每種讓她失去意識的方法都以失敗告終，最後再也無法繼續依靠穩健的手段，只能將白杖換成杖劍採取強硬的作法。先用電擊咒語或凍結咒語攻擊四肢，等對方動作變遲鈍再靠近切除表面的樹根，或是避開要害將杖劍刺進體內直接詠唱咒語。他甚至試著施展治癒咒語，想要強化少女的免疫作用。包含讓對方感到痛苦的手段在內，他拚命嘗試了各式各樣的方法。

「……燒……」

這些行動全都以失敗告終。少年再也想不出其他方法，只能呆站在原地，這時候諾薇米發出彷彿隨時都會消失的微弱聲音。他一看向少女的嘴角，她就再次重複相同的話：

「……燒了我，恩里科……」

少年聽見這句話時，感覺心臟像是被一隻冰冷的手抓住。

「……妳、妳在說什麼……」

「……拜託你……我已經沒救了……」

少女以沙啞的聲音繼續懇求。再過不久，她將連說話的權利都被剝奪。

「……不只是身體……我的思考……也開始變奇怪了……我開始想把某種東西植入你的體內……而且這股衝動從剛才開始就不斷變強……我的想法逐漸被趕到角落……」

異形樹根已經侵蝕到諾薇米的內心，兩人能像這樣對話的時間已經所剩無幾。少女在察覺這件事後，懇切地拜託少年。

「……燒了我……像燒掉爸爸那樣……你是魔法師……應該辦得到吧……」

少年拚命搖頭拒絕，像是在說只有這個要求他無法答應。

「……拜託你……恩里科，拜託你……」

在說出這句話的瞬間，少女原本被凍結咒語凍住的右手轉向了不可能的方向。雙腳也一樣發出可怕的聲音開始動了起來。是布滿體內的樹根在勉強身體行動。少年一臉悲痛地舉起杖劍，諾薇米勉強擠出聲音說道：

「……我不想，變成……不會笑的東西……」

「——唔！」

聽見這句話的瞬間，少年在感到絕望的同時明白了一件事——諾薇米的心與人格正逐漸消失，而自己根本無法拯救她。

他唯一能做的就只有完成她最後的願望，並將一切看到最後。

趁她還是人的時候。

「……謝謝你……」

經過了漫長的苦惱，已經沒有其他選項的少年用顫抖的手刺出杖劍——諾薇米抱著感謝的心情接下這一劍。

「……答應我一件事……」

「……什麼事……？」

少年無法直視對方的臉，只能低著頭詢問。諾薇米看著不斷滴落少年腳邊的淚珠，用盡最後的力氣揚起嘴角。

「……把頭抬起來……」

在少女的懇求下，少年抬起沾滿淚水的臉頰——然後看見一道笑容。那確確實實是諾薇米的笑容。他每次來這座城鎮都是為了那個笑容，只要看見那個笑容就能讓他覺得心裡充滿溫暖。

「……恩里科，你要笑著活下去……連同我的份一起……」

他點頭回應。愛哭鬼少年在這個瞬間死去。

「——**燒除淨化**。」

葬送的火焰瞬間包住少女的身體燒盡一切。包含侵蝕她身體的東西、痛苦、笑容，以及和少年共度的那些溫暖時光。

少女的身體不到十秒就開始失去原形，不過在那之後，諾薇米的遺體仍持續在同一個地方劇烈燃燒。少年的臉龐感覺到一股強烈的熱氣，在火焰的熱氣與光輝的吸引下，他走向那裡。

「……啊……」

他無法移開視線。諾薇米的生命燃燒的樣子實在太過美麗。

少年心想——之所以能燒得這麼漂亮，一定是因為她的內心非常美麗；這股熱度之所以能讓人如此感動，一定是因為她是個非常溫暖的人。

然後他發現了一件事——啊啊，這是多麼諷刺。

沒想到這麼適合拿來燒的東西，其實就近在身邊。

「……哈……哈、哈……」

這樣一定能讓任何東西動起來。只要使用燃燒生命的力量，不管再怎麼大的裝置都能運作。發誓吧。等那個時刻到來，自己絕對不會猶豫，絕對不會再哭著拒絕。

因為——他早已親手燒掉最重要的東西。

不管是什麼樣的柴薪，都笑著丟進火堆吧。畢竟他已經答應過少女，要連同她的份一起笑著活下去。

「……嘎哈哈……嘎哈哈哈哈哈……——嘎哈哈哈哈哈哈哈哈哈哈哈哈哈哈哈哈哈哈！」

他覺得那天的火焰一直持續在自己心裡燃燒。

「——嘎哈哈哈哈哈哈！」

老人一揮杖劍，攻擊距離內的三名同志就脖子噴著血倒下。追擊的咒語就連這個時刻也沒放鬆，但恩里科用少了一條手臂的身體全數躲開，甚至在閃躲的同時還用咒語收拾了一個人。同志們瞬間不知該如何進攻。明明肩膀和側腹都受了重傷，老人的動作別說是變遲鈍了，甚至還益發犀利起來。

「你們以為現在就能擊敗我嗎？以為有辦法殺掉失去了魔像和一隻手臂的我嗎？嘎哈哈哈哈！天真，太天真了——！我可是恩里科．佛傑里，你們這樣未免太小看我了！」

恩里科強硬地如此斷言。在戰鬥的期間，鏡框扭曲變形的眼鏡早已掉在地上，底下的兩隻眼睛閃閃發光，彷彿裡面燃燒著絕對不會熄滅的火焰。

「放心吧，諾薇米！這根本就不算什麼！因為妳教過我！糖果等於笑容！笑容等於無敵！所以我不會輸給任何人——！」

老人的魄力絲毫不減。面對這股壓力，奧利佛不得不承認——這個男人很強。即使失去了魔像、一隻手臂、大量的魔力與鮮血，以及作為魔道建築者的所有優勢，他依然很強。比起才能和技術，更驚人的還是那個就算陷入困境也毫不動搖的態度。即使面對現在這個最終局面，他依然完全不覺得自己會輸。

這就是恩里科．佛傑里。僅用一代的時間就讓魔道工學的歷史前進了百年的大魔法師。奧利佛的心裡湧出一股接近感動的敬畏，甚至在那矮小的身軀上看見了高聳入天的高牆幻影。

「——不。」

但即使如此——

距離不斷縮短，敵我雙方也愈來愈靠近。如果恩里科還有魔像，絕對不可能像現在這樣進入杖劍的攻擊範圍，他正被迫和同志們正面交鋒，奧利佛也跟著前往那裡。少年先做出從空中用咒語攻擊的假動作，再直接跳下掃帚，於著地的同時向前衝刺。

「嘎哈哈哈！要用冒牌的劍術來對付我嗎？」

恩里科一察覺奧利佛試圖接近，就以準備萬全的姿態擺出中段的架勢迎擊。他對自己累積的實力抱持絕對的自信，所以心裡只有在迎擊的同時砍倒少年這個念頭。

在激烈衝突之前，奧利佛稍微抬起杖劍的尖端。在少年踏出最後一步的同時，雙方進入了一步一杖的距離，接下來一定會有一方被砍中。

——老人只有一個失算。

不管是借來的、保管的、冒牌的，還是偽造的都無所謂，就算和本尊完全不像。

在這個距離，只有少年握有「絕對」。

「——唔——」

所有未來同時排列在眼前，少年挑選了一個結局後，時間軸的激流就將他沖向未來。

他排除了數不清的落敗可能性，抓住了一根線。

累積許多無法償還的犧牲後，他走上了一條沾滿鮮血的道路。

在那條路的前方，在他持續追求的場所，在少了任何一個人都無法抵達的現在。

——第四魔劍．「橫渡奈落之絲」。

萬中選一的一劍克服了所有障礙，貫穿老人的心臟。

「——嘎、哈！」

笑聲戛然而止。恩里科的手臂失去力氣，杖劍從他的指尖滑落。

杖劍落地後響起的尖銳聲響，輕輕宣告這場漫長死鬥的落幕。

戰鬥已經結束。翼龍們逃跑後就沒再回來。短暫的寧靜降臨第五層的峽谷。

「……被抓到構造上的弱點了……」

奧利佛俯瞰地面。仰躺在那裡的恩里科低聲說道：

「在設計上……機械神針對詛咒侵蝕的對策確實有所不足。因為那終究是用來對抗異界之神的武器，沒有預定要拿來與人類的魔法師戰鬥……至少要是魔力的填充率夠高，就能防止被奪走操縱權了……」

「…………」

「……話雖如此，這些都只是藉口。畢竟我從一開始就很清楚用詛咒當燃料的風險，是我自己太大意才會被人戳到痛處，只能說看穿這個弱點並有效利用的Mr.羅伯特等人的戰術運用得非常漂亮。哎呀……這群學生真是了不起。」

恩里科開口稱讚已經死去的學生，奧利佛在這時候打斷他。

「……你就沒有其他話想說嗎？」

少年以冰冷的聲音確認。恩里科用剩下的那隻手從懷裡掏出棒棒糖遞給對方。

「……要用甜甜的糖果慶祝勝利嗎……」

奧利佛立刻拍掉遞給自己的糖果，用杖劍對準瀕死的仇敵。

「**壓扁吧。**」

然後開始進行拷問。劇烈的疼痛折磨著老人，那是少年的母親曾經歷過的痛苦——不過即使如此，老人仍繼續發出瘋狂的笑聲。

「嘎——嘎哈哈哈哈哈！嘎哈哈哈哈哈哈哈！」

「……不准笑……不准笑、不准笑、不准笑！」

連續不斷的笑聲徹底激怒了奧利佛，讓他將臉上的面具摔向地面。恩里科在首次看見他的真面目後，瞇起了眼睛。

「……Mr.霍恩，原來是你啊。」

奧利佛準備繼續施展劇痛咒語，但格溫立刻抱住少年阻止他。

「別再用咒語了！至少交給我來……！」

「大哥，放開我！」

奧利佛立刻想要甩開對方，但格溫瞬間換成懇求的語氣。

「拜託你，諾爾……不管是你，還是夏儂，都已經到極限了……！」

「……咦？」

奧利佛在聽見這句話的瞬間，立刻轉身看向背後。夏儂右手拿著白杖淚流滿面地站在那裡。沒錯——只要少年繼續用即將崩潰的身體施展魔法，她就必須跟著施展治癒咒語繼續讓弟弟受苦。

奧利佛束手無策地站在原地。恩里科從底下看著他的臉，低聲問道：

「……你和克蘿伊……有血緣關係嗎？」

「……她是我的母親。」

奧利佛握緊拳頭，勉強擠出這個回答。老人一聽就露出寂寞的笑容。

「原來如此……果然一點都不像，不像到令人悲傷的程度。」

「……唔……！」

少年一時無法反駁，只能用力咬緊牙關。因為他知道老人並不是在挑釁，只是坦率說出自己的印象。而且他比任何人都清楚老人說的沒錯。

格溫按著少年的右手往前踏出一步，代替遍體鱗傷的弟弟將杖劍對準恩里科。沉默了幾秒後，奧利佛勉強接受大哥的體貼。

「回答完接下來的問題後，你就可以死了……為什麼要對母親做出那種事？」

奧利佛說出決定要在最後詢問的事情，恩里科露出苦笑。

「事到如今還需要問嗎……以你的立場，應該不可能不知道她打算對這個世界做什麼吧。」

這個預料之內的回答，讓少年咬緊牙關。

「母親想要完成和祖種的約定這件事，真的就這麼讓你們看不順眼嗎……還有除了你們承認的『人類』以外，她還想連其他亞人種與異端一起拯救這件事。」

「不，我覺得這很符合她的風格。我無法想像不這麼做的克蘿伊。但她的意見與我們相左，也沒有妥協的空間。而且她又是個偉大的人——偉大到真的有可能改變世界……這就是殺她的唯一理

由。」

恩里科流暢地回答，但奧利佛激動地搖頭否定這個說法。

「……退一百步……不對，就算退一千步！」

「……嗯？」

「因為思想上的對立已經到了無可挽回的階段，所以先發制人背叛母親並殺了她——！如果只是這樣，那還不至於完全無法理解！即使絕對無法接受，至少勉強能夠理解……！」

少年至今一直在反覆思考母親為何會遭遇那種事，並為了尋找一個合理的說明不斷蒐集情報。如果不這麼做，他的內心只會持續飽受憎恨煎熬——不過無論他進行多詳細的調查，或是明白了仇人們的立場和思想，都還是會剩下一個嚴厲的事實。

「不過——如果是這樣，為什麼要折磨她？為什麼不只是殺了她，還要七個人一起拷問母親並奪取她的魂魄！這種事究竟有何道理可言！」

奧利佛發出怒吼。他們並非單純殺害母親，而是將她折磨致死。被最信任的朋友從背後貫穿胸口，在無法抵抗的狀態下受盡折磨。這一切他全都知道。藉由魂魄融合流入腦中的克蘿伊・哈爾福德的記憶與經驗並不完全，但確實包含了她死前經歷的那些痛苦。

恩里科試圖看穿隱藏在少年激情背後的本質。即使死期將至，他仍毫不動搖地冷靜觀察。

「原來如此，這就是你那股憎恨的核心啊……並非是因為母親被殺，而是因為她的人格被踐踏。」

「回答我！如果你們沒那麼做，我還不至於變成現在這樣！不至於用這種醜惡的方式玷汙母親的劍技！」

奧利佛忍不住想起母親曾經說過──面對不合理的事情可以生氣，但憎恨必須有所節制，不然遲早會變成侵蝕自己的劇毒。原諒別人其實就是在拯救自己的內心。

「我或許辦得到──我或許能在最後原諒你們……！」

再也無法忍耐的淚水沿著少年的臉頰落下──愈是去思考母親的遺憾，愈是憎恨那些踐踏她尊嚴的魔人，自己的生活方式就愈偏離母親期望的形式。他從很久以前就比任何人都清楚，用憎恨汙染從母親的靈魂學來的劍技是多大的罪孽。

即使如此，他還是決定要這麼做。決定要為了她本來能夠實現的未來繼續前進。

「……你真的很討厭自己呢……」

恩里科也看見了。對母親的敬愛、對仇人的憎恨、對自己的絕望以及責任帶來的沉重壓力──少年的內心被這些事物激烈地擠壓，並背負著數不清的糾結和矛盾，甚至讓人覺得他的心還沒碎裂是個奇蹟。

老人覺得這樣的強悍極為諷刺。因為這個少年之所以能夠承受魂魄融合帶來的痛苦，其中一個原因就是他極度憎恨自己。少年主動希望能夠反覆地否定和粉碎自己，將這當成理所當然的懲罰。

「我也很想給你一個答案，但可惜沒辦法。我並不是在裝模作樣──而是真的沒有答案。」

奧利佛像是要用眼神射殺對方般，瞪向說出這句話的老人。即使如此，恩里科仍繼續平淡地說道：

「折磨克蘿伊，對我們來說就像是在踐踏神像一樣。將她這顆星星擊墜、褻瀆、踐踏後，用這個罪孽當成團結的證明。魔法師也有罪惡感，特別是在將偉大的靈魂丟進火堆裡時。因為那個人原本能夠成就的偉業和能夠實現的光輝未來，都將化為已經喪失的可能性重重壓在我們的肩膀上。」

「…………」

「必須做出足以填補那個損失的成果，這可以說是魔法師背負的責任……即使絕對無法辦到也一樣。」

老人輕輕嘆了口氣。奧利佛仔細思索對方的回答，繼續問道：

「……你的意思是那些拷問並非手段或興趣，而是為了擁有共同的體驗嗎？」

「這只是我個人的認知，其他人或許會有完全不同的回答。就連我也無法明白他們當時心裡在想什麼。」

恩里科聳肩回答，然後凝視著少年說道：

「不過——你追求的答案應該不是這麼曖昧的東西吧。」

「…………」

「既然如此，你該詢問的對象就不是我——而是艾絲梅拉達。她才是最早提議要拷問克蘿伊並奪取她魂魄的人。至於為何要這麼做，這世界上也只有她一個人知道答案。」

老人告訴少年該去哪裡找答案後，自己也對這個內容苦笑。

「嘎哈哈哈哈哈……不過想從現在的她那裡問出真心話，應該非常困難吧……」

即使繼續問下去，老人也不會再回答了。察覺這點的少年將杖劍抵在對方身上。從逐漸衰弱的呼吸，也能看出他原本就活不久了。

「要結束了嗎……最後讓我給你一個忠告。」

「你以為我會讓你有機會開口嗎？」

「還是聽一下吧。這也是為了你好。」

恩里科突然加強語氣說道。奧利佛從他的眼神感覺到某種不容忽視的事物，稍微延後對方的死期。

「我想你早就知道了。如今挑戰金伯利的魔女，就等於向整個魔法界掀起反旗。不對——已經等於是在挑戰這個世界的構造了。」

「…………」

「如果是克蘿伊，或許有機會辦到。這點我不否認。所以我們才會害怕她。不過——你有辦法做到相同的事嗎？」

奧利佛陷入沉默。面對這個沉默的回答，老人靜靜地提出比喻。

「假設有個隨處可見的陶器，以及從最精緻的藝術品融出的一半黃金。你揮下鐵鎚粉碎陶器，再收集那些碎片用黃金拼接起來。然後繼續粉碎、拼接、粉碎、拼接……你與克蘿伊的魂魄融合，其實就是在反覆做這樣的事情。」

「…………」

「這種自殘行為不論重複多少次，都無法讓你成為金器。就跟粗製濫造的合成獸一樣。即使你繼續追逐克蘿伊的影子，焦急地將手伸向那道光輝，也只會逐漸對不斷遠離她的自己感到絕望。」

奧利佛沒有開口否定，甚至沒有感到任何不悅。他的心裡早就清楚明白這些事情，所以內心毫無感動。

「因此，你能做的最好的選擇，就是徹底改變生活方式。不管是忘記一切搬到邊境生活，加入民間的人權派樸實地活動，還是過著照顧普通人的生活都好。這些才是符合你原本資質的生活方式……你做得夠多了吧。不只是達瑞斯，就連我都被你打倒了。你已經非常努力了。克蘿伊一定也會誇獎你吧。」

奧利佛繼續保持沉默，甚至不需要開口拒絕。因為他打從一開始就沒有打算回頭，更何況是犧牲了眾多性命的現在。

「……不過，假設你無法選擇這條路……」

瀕死的老人繼續用剩餘的生命提出忠告。

「……那就期待至少能在這條苦難之路的前方……有新的邂逅吧。並非用來代替克蘿伊，而是只屬於你的……」

恩里科說到這裡就咳出一口鮮血。在少年的注視下，他又接連咳了好幾次。

「……嘎哈哈，真是遺憾……看來話只能說到這裡了……」

在領悟了這點的同時——老人幾乎是下意識地將顫抖的右手伸進懷裡摸索。

「……啊啊……糖果吃完了……」

找不到想要的東西，讓他發出非常寂寞的聲音。

「……去糖果店阿姨那裡買吧……這次要吃什麼口味……」

眼神逐漸失去光輝的恩里科，用童稚的語氣低喃。奧利佛垂下手中的杖劍，默默聽著。他甚至忘了給老人最後一擊。

「……我啊……最喜歡櫻桃口味了……因為和妳的臉頰顏色一樣……」

恩里科回憶著遙遠過去的夕陽，害羞地說道。

對重要的某人說出最後的這句話後——老人徹底斷氣了。

格溫跪在地上摸了幾下屍體。做完最後的確認後，他將臉轉向弟弟，靜靜搖頭。

「…………結束了，諾爾。」

奧利佛默默站著，接受了這個事實。無論是勝利的喜悅還是痛快的歡呼——在他的心裡早已找不到任何東西。

——動員戰力三十二名。戰場，迷宮第四層及第五層。

戰術目標達成。成功殺害恩里科・佛傑里。

作戰中的戰死者，十一名同志。

這就是——在他的期望下執行的第二次復仇的結局。

後記

大家好，我是宇野朴人……第二次復仇在此結束。

少年究竟是個什麼樣的人，有著什麼樣的宿願，以及他復仇的全貌。透過這一集，應該有稍微傳達給您吧。

他擁有的東西是借來的、保管的、冒牌的、偽造的，所以愈是拚命前進，就離真正的光芒愈遠。

連自己魂魄的形狀都早已遺忘，罪孽、懲罰、救贖和毀滅之間的界線也變得模糊。

像他這種人的人生，之後究竟會如何發展。

失去了第二個教師，應該會為金伯利帶來很大的震撼吧。

少年必須繼續欺騙可恨的仇人和可怕的高年級生。

以及那些一直近距離看著他的心愛朋友們。

死鬥的結束就是暗鬥的開始。他的戰鬥之路連一半都還沒走完。

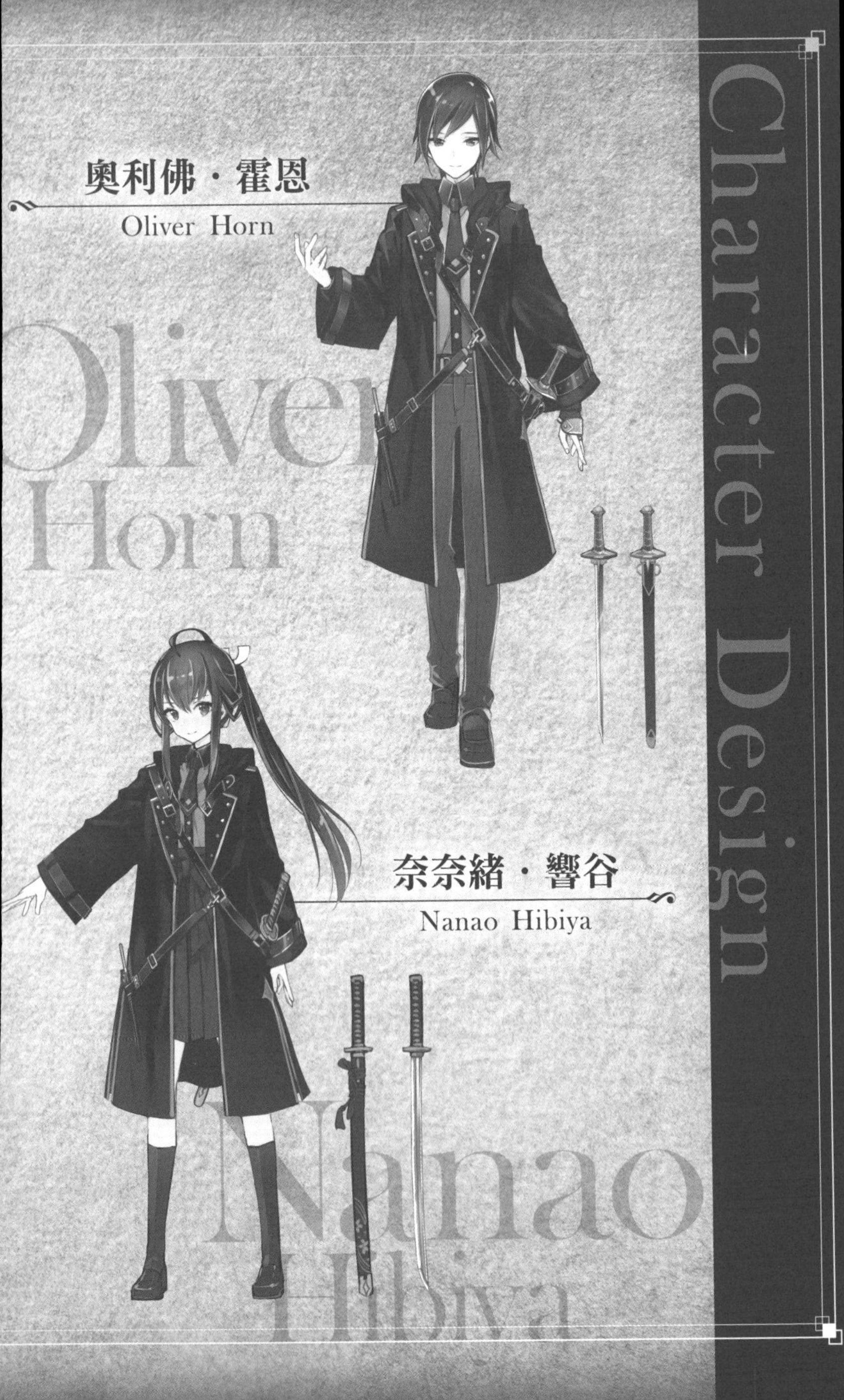
Chracter Design
奧利佛・霍恩
Oliver Horn
Oliver Horn
奈奈緒・響谷
Nanao Hibiya
Nanao Hibiya

Seven Swords Dominate

皮特・雷斯頓
Pete Reston
Pete Reston
米雪拉・麥法蘭
Michela McFarlane
Michela McFarlane
Seven Swords Dominate

薇拉・密里根

Vera Milligan

Vera Milligan

奧菲莉亞・
薩爾瓦多利

Ophelia Salvadori

Ophelia Salvadori

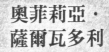

艾爾文・戈弗雷

Alvin Godfrey

卡洛斯・惠特羅

Carlos Whitrow

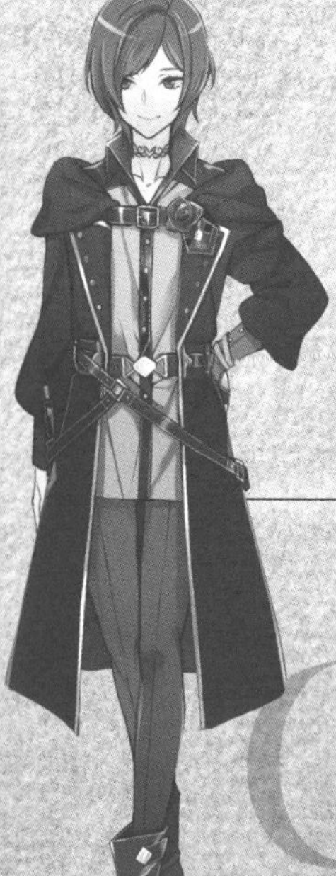

Alvin Godfrey

Carlos Whitrow

Seven Swords Dominate

黛安娜・艾希伯里

Diana Ashbury

Diana
Ashbury

泰蕾莎・卡斯騰

Teresa Karste

Teresa
Karste

Seven Swords Dominate

恩里科・佛傑里
Enrico Forugyeri
夏儂・舍伍德
Shannon Sherwood
Seven Swords Dominate

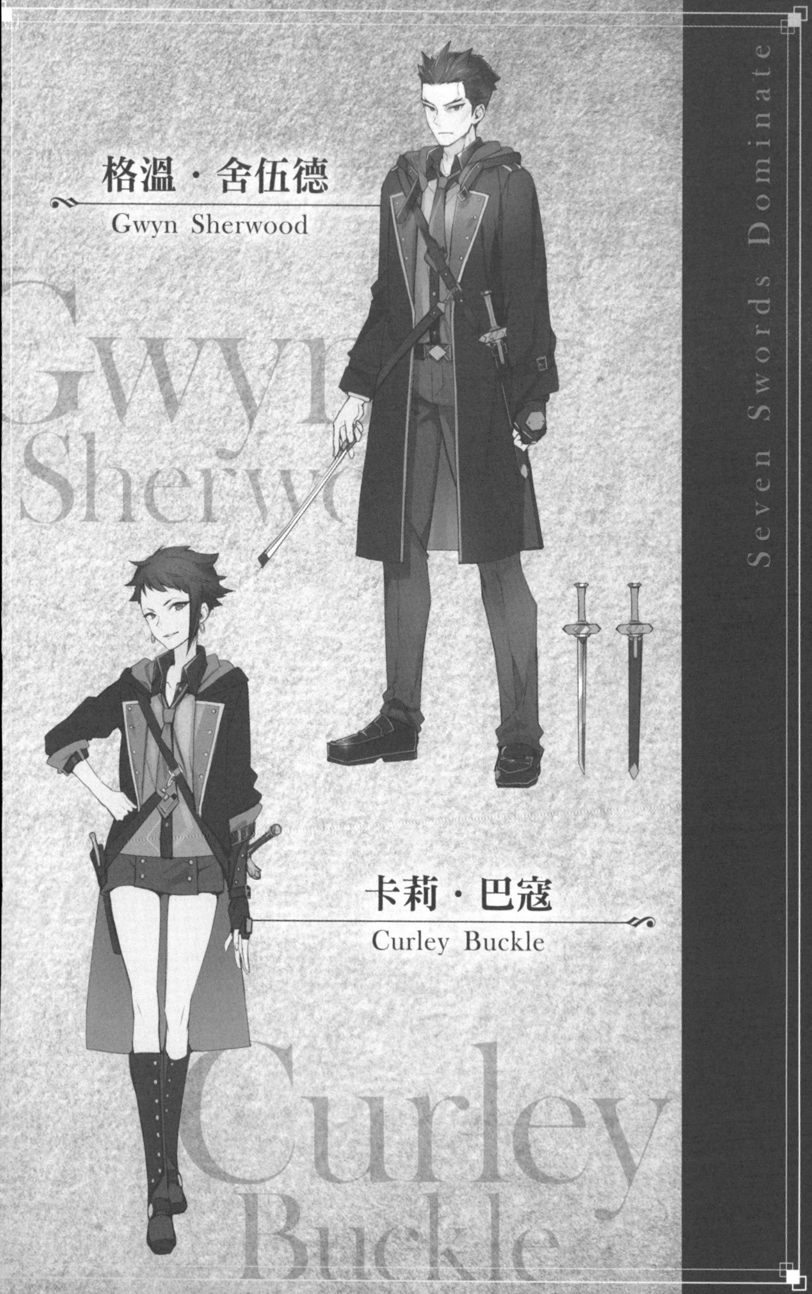
格溫・舍伍德
Gwyn Sherwood
卡莉・巴寇
Curley Buckle
Seven Swords Dominate

賢者大叔的異世界生活日記 1~11 待續

Kadokawa Fantastic Novels

作者：寿 安清　插畫：ジョンディー

在雪山來場真正的狩獵!!
大叔和亞特為了小邪神要幹掉「龍王」！

「這根本不是RPG，簡直是那個真正在狩獵龍的獵人遊戲了嘛……」為了讓小邪神復活，傑羅斯和亞特受到觀測者索拉斯的請託，要去打倒龍。然而他們卻在前去採集藥草的雪山裡，碰巧遇上了暴雪帝王龍——!?兩人居然要挑戰最強生物「龍王」！

各 **NT$220~240/HK$73~80**

新妹魔王的契約者 1~13（完）

Kadokawa Fantastic Novels

作者：上栖綴人　插畫：大熊猫介

大人氣官能戰鬥小說堂堂完結!!
刃更將八位跨界美女一次娶回家!?

未收錄於文庫本的增修短篇，與新寫篇章交織而成的超豪華傑作集，為本系列帶來最美的結局！東城刃更與澪、柚希、萬理亞、胡桃、長谷川、潔絲特、七緒、賽莉絲等八位最美的新娘們，將以婚禮結下更勝主從誓約的情感聯結。

各 **NT$200~280/HK$55~90**

國家圖書館出版品預行編目資料

七魔劍支配天下/宇野朴人作；李文軒譯. -- 初版. --
臺北市：臺灣角川股份有限公司, 2022.04-
冊；　公分. -- (Kadokawa fantastic novels)
譯自：七つの魔剣が支配する
ISBN 978-626-321-346-3(第5冊：平裝)

861.57　　111001900

Kadokawa
Fantastic
Novels

七魔劍支配天下 5

（原著名：七つの魔劍が支配する 5）

2022年4月20日 初版第1刷發行
2023年6月30日 初版第2刷發行

作 者：宇野朴人
插 畫：ミユキルリア
譯 者：李文軒

發行人：岩崎剛人
總編輯：蔡佩芬
編 輯：黎夢萍
美術設計：黃永漢
印 務：李明修（主任）、張加恩（主任）、張凱棋

發 行 所：台灣角川股份有限公司
地 址：104台北市中山區松江路223號3樓
電 話：（02）2515-3000
傳 真：（02）2515-0033
網 址：www.kadokawa.com.tw
劃撥帳戶：台灣角川股份有限公司
劃撥帳號：19487412
法律顧問：有澤法律事務所
製 版：巨茂科技印刷有限公司
ISBN：978-626-321-346-3